笭菁
作品

苓菁作品

苓菁作品

笭菁作品

惡靈鏡區

笭菁——著

CONTENTS

惡靈鏡區

楔子

夕陽西下，最後一聲鐘聲響起，莘莘學子們愉快的揹起書包，朝著溫暖的家而去。

二樓的二年級教室裡，有兩個女孩動作特別緩慢，她們邊聊著最喜愛的明星，邊商量要去哪兒吃冰。

「到家樂福好了，最近！」其中一個女孩提議，誰叫家樂福近在咫尺，「那兒的義美冰淇淋還是最好吃！」

「噯呀，我想吃豆花！」另一個女孩拎起書包，往門外走去。

「到那邊再挑好了！」兩個女孩一前一後出了教室。

一出教室就是封死的窗櫺與白牆，這是道不透風的走廊，女孩們出了教室前門旋即左轉，那兒就是樓梯口，還有面比人高的大鏡子浮貼在牆上。

「我還是不要吃好了，我好像變胖了……」女孩對著鏡子，夕陽在後頭映照著。

「妳每次都這樣說！」另一個女孩嘆口氣，搖了搖頭。

「真的啊，我真的變胖了，不能再吃了！」鏡子前的女孩端詳著自己，走近鏡前。

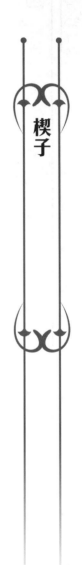

身後的女孩與她嬉鬧著，兩個人在鏡子前擺出各種好笑的姿勢，一直到一樓路過的老師聽見了，叫她們趕緊回家。

女孩們朝著樓梯扶欄應了聲好，卻還不停咯咯笑著。

「我想到個好遊戲！」一個女孩從書包裡拿出一面帶柄的橢圓形中型鏡。

「哇靠！妳上學帶那麼大面鏡子啊？」

「這是我姐前幾天買的，偷偷借來用一下咩……很別緻，而且還很特別喔！」女孩們湊在一起，看著古銅鏡，「怎麼樣？妳看出什麼了嗎？」

「咦咦？不會吧？好像那．個喔！」

「什麼好像，我覺得根本就是！快！」女孩催促著另一個人面對牆上的鏡子站好，「我們來玩個遊戲！」

女孩把手中的古銅鏡拿穩，站到同學身後，舉高了面對同學的後腦勺。

「妳看！鏡子裡的每一面都有妳喔！」女孩興奮的對著同學笑著，「妳現在開始數，看看妳可以數到第幾個妳！」

女孩嬉笑聲絡繹不絕，站在大鏡子前的女孩，屏氣凝神的數著一個又一個，宛似萬花筒裡複製的自己。

而空中，傳來低沉的，還帶著點起伏的歌聲。

「二十九、三十、三十一……」鏡子中間的同學得瞇起眼才數得清晰，「三十二……三十三……」

「呀啊——呀啊——救——啊啊啊啊啊啊——」

鏘！

老師們倉皇的從樓下奔出，直直衝往二樓。

平台上擱著兩個深藍色的書包，一個素黑色的香蕉夾，還有一個摔落在地，古銅雕花的鏡緣……

以及散落一地的鏡子碎片。

再也沒有尖叫聲、再也沒有任何一個人的身影。

只有牆上那面落地的立鏡，依舊閃爍清楚的照映鏡前倉皇失措的師長們。

第一章．消失的人

原本寧靜安詳的校園裡起了波濤。

兩名女同學在校園裡失蹤，而且宛如人間蒸發似的，甚至連滴水珠都沒有留下。

警方來了好幾遍，還帶了許多專家，黃色的塑膠繩將鏡子連平台圍了起來，那兒就成了犯罪現場。

但聽說找了半天，除了兩個同學的頭髮跟遺落的物品外，連只腳印都沒有找到。

「好詭異喔……人怎麼會無緣無故消失？」

「當然不可能啊！她們應該是被綁架了！只是歹徒很厲害而已！」

同學的失蹤讓校園裡人心惶惶，也成為茶餘飯後的主要話題，每個人無時無刻不在討論這件失蹤案。

「都已經一星期了，妳覺得有可能找到她們嗎？」阿寶壓低了聲音。

「如果是綁架的話，家屬應該會接到電話吧？」我終於忍不住，提出了我的疑問，「可是都沒有人打電話去，而且失蹤的那兩個女生家裡也不是有錢人！」

「拜託一下，現在什麼社會啊，搞不好為十萬元都綁架！」阿寶哼了哼，一副我沒常識的樣子！

「唉，隨便妳們怎麼說，我覺得就是有鬼！」我把便當盒蓋上，俐落收起。

「有什麼鬼啊？大偵探？」蕃茄走過來，悻悻然的看著我。

我們從進學校以來就是不對盤，說不上為什麼，蕃茄愛找我麻煩，我也愛找她碴。

「就是有鬼啊！」我聳了聳肩。「字面上的意思，翻成英文，叫做 Ghost！」

我聲音拔了高，不料這一出口，讓全班靜了下來。

我回首看著同學驚愕的臉，他們全都瞪大了眼睛，彷彿我剛剛說出了什麼不得了的事！

「不要怪力亂神！」蕃茄看得出來有點緊張，厲聲對著我說。

「我沒怪力亂神，這個世界上本來就有很多奇怪的事！」我不想被蕃茄說教，「沒有要求贖金就不是綁架、而且老師們也說了，一聽到尖叫聲就衝上來，可是卻沒有看到那兩個人的身影！」

「歹徒可以帶著她們從走廊底另一個出口跑啊！」

她說的是我們教室後門出去的出口。

從這棟樓中間的樓梯往後算，有三間教室，第一間教室是安班，第二間是喜班，我們是樂班，然後就是走廊尾的出口，有一個大平台，那兒有男女廁所，接著就連結另一棟樓。

「那時糾察隊在樓下收隊，沒有人看到。」

「說不定歹徒從另一棟樓跑了啊！」

「那棟樓的出口就是糾察隊整隊的地方，從這裡出去後，每一條出入口都匯集到同一個點。」我一一擊破蕃茄的質疑，「除了有我們不知道的東西存在外，我想不出別的理由了！」

我不是特別迷信，但是我非常尊重我所看不到的世界。

從小家庭教育就是這麼灌輸我的，世界不是只有我們所看到的，說不定我站在這裡說話，我身邊就有另一個世界的人走過。

「賀宜庭！」門口傳來老師的叫聲，「妳在幹什麼！」

死了！我繃緊神經，講得太開心，沒有注意到老師進來了！

「這件事已經讓大家很不安了，妳為什麼還要胡說八道！」老師果然氣急敗壞的朝著我走過來，「這樣做對妳有什麼好處？不許妳再亂說話！」

「我……」我不甘心的咬了唇。

「還有什麼話說，下次再讓我聽見妳這種怪力亂神的說法，我會處罰妳！」老師對我下了警告，轉身看向同學，「好了，大家都別聽進去，也不許危言聳聽！」

我才不是危言聳聽！我多想這樣喊出來！

因為我外祖母頭七那天，我親眼看見她走過我面前，還叫我要乖乖聽爸媽的話！

我的第六感比別人敏銳得多，這就是我從來不走鏡子樓梯的原因！

「老師！」我還是舉了手。「我還是希望能提醒同學，不要走有鏡子的樓梯！」

「為什麼？」老師皺起眉看著我，一臉「妳又想幹嘛」的表情。

「因為……」我頓了一頓，「學校裡的鏡子是鎮煞的！」

我聽見同學倒抽一口氣的聲音……也聽見哭聲，然後我聽見老師不絕於耳的斥責聲。

最後，我站在鏡子前。

我知道老師是刻意的，因為我「散播不實謠言」，她就讓我站在這個謠言的起頭，好好的反省一下。

我與鏡子對望著，左手邊就是分別上下樓的樓梯，現在是午睡時間，除了老師外，沒有人在走動。

我願意承認我的恐懼，老師本來是叫我站在鏡子前三十公分的距離，但我現在已經往後貼上了牆，在有限的空間內，徹底的拉遠與鏡面的距離。

因為我眼前的鏡子散發著詭異，一股讓人毛骨悚然的氣息，它座落在這棟樓的中間，右邊要隔了樓梯才有窗戶、左邊要跨越走廊才有窗戶，在這樣的空間裡，它卻明亮照人。

所謂明亮照人不是指它的清晰度，每天都有人擦鏡子，學校甚至要求要一點痕跡都沒有；我所謂的明亮，是一種反射某種光線的明亮……而且那光線還在移動，造成鏡裡的波動。

我看著我身上隱約掠過的光線，低首瞧著，那光並不存在於我這邊，難道存在於……鏡子那邊？

倒抽了一口氣，緊繃感再度束縛住我全身，我不想待在這鏡子前，因為這面鏡子太可怕、太詭異了！

我開始思考跟老師懺悔的謊言，我決定當個識時務的俊傑，不要再堅持己見，這個東方社會多少人信奉鬼神，可是一旦遇上真的有第六感或是陰陽眼的人，又有幾人相信？

我站在這裡，就是個鐵證！

「賀宜庭！有沒有好好在反省？」導師從左手邊的樓梯走上來，「咦？誰叫妳站那麼遠的？」

我抿著唇，突然有點希望老師趕快繼續往上走去。

可惜導師就是踩上了平台，站到我面前，一點也沒有回身往三樓巡視的意願……接下來我用腳趾頭都猜得到會發生什麼事。

「我不是叫妳站到鏡子前嗎？」她皺起眉，像是對我違反命令而生氣。

「我……我站在鏡子前啊……」我指了指鏡子，「遠了一點點而已。」

「過去站好！」老師硬推著我，往鏡子前移動，一邊繼續長篇大論的說教。

我被壓著逼近到鏡子前！我的腳彷彿千萬斤重的不願移動，可是因為我是學生、她是師長，我就必須被迫做我不願意而且近乎危險的事！

一瞬間，我發誓我看到鏡子如水波般動了！

那鏡面似乎不再硬而平，而是像輕風掠過湖水一般，出現了波動！

怎麼可能？這是鏡子啊？而且我又不是基努李維，還沒吞下膠囊，鏡子不該變成液體！

「妳平常是個好學生，為什麼要說一些胡話來攪亂人心？同學失蹤已經很嚴重了，妳還在製造不安氣氛？」老師還在講，「這只是面鏡子，妳也把它扯進去？」

「我覺得……」我向後大退了一步，「它不只是面鏡子……」

我想我一輩子都當不了俊傑，剛剛想好的道歉話語全部變成屁了！

「賀宜庭，妳還不認錯？妳站在鏡子前多久了，有發生什麼事嗎？」導師怒氣沖沖的敲著鏡子，低聲的指著我罵，「妳給我過來！」

我搖了搖頭，甚至再後退了一步！

「賀宜庭！我命令妳過來！」我知道我慘了，老師已經怒不可遏，還把手上的筆給甩掉了！

我無奈的蹲下身子，撿起滾過來的筆，我不想道歉，但是我總覺得這樣下去沒完沒了……

為什麼我必須要為事實而道歉呢？嘆口氣，眼淚在眼眶打轉，我感到無限委屈……

在拾起筆的那一剎那，我眼角的餘光瞧見導師的腳，但是……

當我抬起頭時，已經沒有任何人在我的眼界範圍內！老師？我全身顫抖著，貼上了白牆，天知道我全身冷汗淋漓浸濕了雪白的襯衫，與牆壁緊緊貼合著！

鏡子前的地上，如同另外兩位同學般，遺落了老師打班級分數的綠色本子。而鏡子裡映著臉色蒼白的我，還有……站在鏡子「裡」的老師……

她正面對著我，嘴角陰邪的上揚，然後狂妄不止的大笑！我彷彿聽見那刺耳尖銳的笑聲，看著鏡子裡的老師臉孔扭曲的得意。

然後她凝視著我，食指擱在唇上，比了一個噓的動作，彎下身，把鏡子裡映著那本綠色本子撿走了。

我的世界終成一片黑暗，不支的倒去！

繼兩名學生失蹤之後，我們導師也跟著消失了。

我在保健室裡甦醒過來，四周圍著阿寶她們，以及其他班的導師和警察；免不了一堆的盤問，但是我不知道該怎麼說，說導師無緣無故消失嗎？

我根本沒看到導師是怎麼不見的，我撿筆時還看到她穿著深棕色包鞋的腳，只有一秒鐘的時間，她就蒸發了！

但是我最後說了謊，我只講到導師叫我向前的地方，然後謊稱我叛逆、我想逃開，只是沒算好距離，一回身撞上了身後的牆，不省人事。

警方很懷疑的看著我，但是他們無法認為我是兇手或是什麼疑犯，頂多只是認為我有所隱瞞。

廢話！這種事我能不隱瞞嗎？難道我要指著鏡子對他們說，老師在裡面，有個猙獰的老師在裡頭笑？

「宜庭！過來！」才踏進家門，爸媽已經在等我了。

我走了過去，爸媽卻和顏悅色的要我坐下，想親口聽我說一遍今天發生的事。

他們是我的家人對吧？我應該要照實說的，但是話出口的前一秒鐘我還是改變了主意，我統一口徑，我深怕被當成怪物、深怕被送去做什麼精神檢查。

我很清楚，我一點問題也沒有，有問題是學校。

所以我開始稱病！我一點也不想踏進校園，只是裝病也不能裝多久，沒有三天，我又乖乖的回去上學。

站在校門口時，我真想立刻奔回家去！

「宜庭！妳來啦！」阿寶從後面跑過來，「好點了嗎？」

「一點都不好！」我臉色凝重的看向大門口的道路，這條「康莊大道」一路延伸到我們教室的那棟樓。

「妳要有心理準備喔，現在大家都很緊繃！」阿寶親暱的勾著我的手，往校園裡拉，「尤其導師的事……」

「阿寶……」我突然壓住了她的手，「妳……信不信我？」

阿寶明顯地怔住，她圓圓的臉詫異的看著我，眼神底下露出點驚愕，不過這神情只持續了幾秒鐘，就換得一副笑容。

「我信妳！」她堅信不疑般的點著頭。

「那——」我抬起手，指向眼前延伸的路，「這條路是通往地獄的，妳信不信？」

「妳要解釋一下嗎？」阿寶認真地看著我指的方向。

我們所在的那棟大樓、甚至整條校園的路，都佈滿了褐色的空氣，飄移著、瀰漫著，而建築物的頂端有著漩渦般的黑雲，重重籠罩。

當然，在一般人眼裡，今天依舊是個晴空萬里的好天氣。

「我不知道怎麼回事，但是我這幾天一直不舒服。」阿寶像是應和著我一樣，「可是我們還是得來上學。」

我嘆口氣，阿寶說得沒錯，離期末考還有一個月，離放暑假還早得很咧，誰也不能從這個現實中逃離。

只要不要靠近那面鏡子就好了！我這樣警告著阿寶。

來到班上，同學的視線刺得我難受，我只能假裝不在乎，只是蕃茄一直若有所思的盯著我，好像有什麼話想對我說似的，讓我格外難受！

才半天，我就已經覺得身在地獄，背後那些竊竊私語就足以讓人抓狂了。

「宜庭！」上廁所出來時，蕃茄意外地在外面等我。

「導師的事跟我沒關！」我不想跟她吵，淡淡撂下一句話。

「我不是要跟妳說導師的事！」她第一次拉住我的手，往角落裡去，「我要說鏡子的事！」

一聽見鏡子，我的精神來了，膽子卻飛了。

「鏡……子？」嚥了口口水，我真不想聽到這兩個字！

「妳那天說樓梯那面鏡子很奇怪對不對？」

「對，只是沒人信。」最不信的那個率先消失了。

「我……我覺得不只那面鏡子有問題的樣子……」蕃茄握著我的手微微顫抖著，「我覺得每一面鏡子都……」

語不成串，蕃茄忽地哭了出來。

我嚇了一跳，趕緊安慰她，瞧她蒼白的臉色，恐怕是遇到了什麼可怕的事情！

「妳慢慢說，蕃茄，妳說的我都信！」為了支持她，我增加她的信心。

「我昨天晚上起來上廁所時，經過衣櫃前的穿衣鏡……」她緊扣著我的手腕，「我看見了我！」

「……同學，不然會看見我嗎？」簡直是莫名其妙！

「不是……妳不懂！」蕃茄用力的、死命的搖頭，「我向外走，可是鏡子裡的我是站著的！」

喝！一瞬間，我想起了鏡子裡的老師！

老師憑空消失不見，但是鏡子裡的老師卻好端端的站在那裡，對著我微笑……

我靜靜的聽著蕃茄敘述昨夜所見，心裡湧起千頭萬緒，全是不祥的預感！

因為我一直以為有問題的鏡子，應該是座落在學校二樓樓梯間的那一面，但蕃茄卻是在她家衣櫃前的鏡子裡看見的！

這根本是不可能的事情，因為明明有異樣的該是學校，蕃茄家跟學校怎麼會相連！

「蕃茄，妳……這兩天有到鏡子前面做什麼嗎？我是說樓梯的鏡子！」

「沒、沒有啊……」蕃茄再度搖著頭，「自從妳說了後，班上根本沒人敢經過前面的樓梯！連靠近都不敢！」

喔……意思是說，我被處罰的那天、導師失蹤的那天，其實大家都有把我的話聽進去，而且放在心上？

如果是這樣，那天為什麼沒有一個人願意站出來幫我說句話？

「而且事情傳開了，現在二、三樓所有人，都走廊尾的樓梯！」

也就是說，中間的樓梯已經沒人走！

「雖然前面還有個樓梯，但一樓也有面大鏡子，所以大家也都避開……」蕃茄啜泣著，「宜庭，到底怎麼回事？我覺得好可怕，上學好可怕！」

「可是妳剛說妳家裡……」我沒敢接下去，我覺得在家裡也是件很可怕的事情。

蕃茄聞言，果然又是一陣恐懼的顫抖，她開始嗚咽、語無倫次，說她現在完全不敢看鏡子，真怕又遇上「不同步」的自己。

看著身為學生會長，總是氣燄囂張，又常與自己作對的蕃茄如此柔弱，我也軟了心，決定暫時先別把鏡裡老師的事講出去。

可是如果蕃茄家的鏡子是這樣，那麼是不是其他人也開始出現問題？

一整個下課都安撫她也不夠，進教室時大家見到哭紅臉的她，一時又以為我這個大壞人欺負了她似的……

眾多疑惑在我心裡，我也不想上學，但如果鏡子是相連的，那我會覺得待在學校還比較好。

我可以清楚明確的避開一些麻煩的地方或是詭異的空間，但是同學們並沒有辦法，我自私的思考該如何逃離一切，並不想要幫助任何一個人。

開什麼玩笑，全校有幾千人，我一個一個顧，哪顧得全？

「噯呀！」托著腮的原子筆劃過臉頰，我趕緊用力抹去。

「這邊還有！」坐旁邊的同學指了指眼睛下方。

我伸手進抽屜，摸出了放在裡頭的小鏡子，趁著老師認真講課，把鏡子端在左手掌心裡，仔細的抹去藍色原子筆的痕跡！

滿意的將藍色抹掉，我劃上淺笑，然後有顆頭靠上我的肩頭。

那是一張圓到不行的臉，與其說是胖或臃腫，還不如說是水腫，是泡在水裡已久的屍體。屍水充滿了那張青色的臉龐，她的皮腫成薄薄一片，裂開的皮縫中還流著黑色的屍水。

她的黑髮蓬亂，扎在我的臉上、頸子上。

然後她開始笑，眉毛笑得彎彎的，看起來簡直像中了樂透一般開心，身體還跟著因喜悅而顫抖，抖落更多的屍水！

但是她沒有眼睛，也沒有鼻子……

那張青紫色的水腐屍臉龐上，只有笑彎的眉毛，跟笑開的血盆大口。

我渾身僵硬，簡直快吐了！

「嘻！嘻嘻嘻……」她的笑聲尖銳，而且越來越刺耳，「嘻嘻嘻——嘻嘻嘻嘻！」

住口！不要再笑了！

「嘻嘻嘻嘻嘻嘻嘻……」

「住口！」我終於忍不住的尖叫，跳了起來，把鏡子拋擲出去！！

噁心感翻湧而上，我衝到垃圾桶旁嘔吐，原本只是乾嘔，最後還是把午餐給吐了出來！

好可怕、好噁心！那個是什麼東西，為什麼會出現在我鏡子裡！

「宜庭！妳怎麼了？」阿寶率先衝了出來，遞給我一張一張的面紙。

「沒、沒事……」真是睜著眼睛說瞎話！

同學們都回頭看著我，有好幾個也體貼的過來關心，我覺得全身虛脫，鼻間彷彿能聞到那具屍體的味道……

「妳……也看到什麼了對不對！」蕃茄臉色發白的叫著，「妳剛剛在照鏡子！妳看到什麼了！」

我趴在垃圾桶邊，不知道該責備她還是讚許她，我只知道同學們一雙雙恐懼加上期待的眼神，讓我備受壓力。

要講？不講？我自私的遲疑著。

「我去廁所清理一下……」我需要時間思考，邊說邊往外走。

沒兩步，我又轉回身：「大家坐好，不要拿任何鏡子。」

很奇怪，大家都照著我的話做，而且這一次連老師都沒有多話。

「宜庭！」蕃茄幾乎是奔出來的，「到底是……」

「我不知道！」不要問我！為什麼要問我！

我難受的僵直著身子，回首看著班上那一雙雙恐懼的眼神，他們用眼神訴求寄託，卻壓在我單薄的肩膀上。

不要那樣看我！我也只是剛好感應得到、也看得到而已，蕃茄昨天晚上不是也親眼瞧見了嗎？

為什麼科技昌明的時代會發生這種事？為什麼學校設立那麼多年卻獨獨讓我碰上這種事？為什麼大家要一臉依賴我的神情！

「哇呀——啊啊——啊——」尖叫聲再次在校園響起，撕破天際！

我迅速的往尖叫聲的方向看去，那是女生廁所的方向！

任課老師第一個反應就是扔下課本，直奔門口而來，還順口交代班長注意班上的秩序！

下意識的，我拉住了老師。

這不關我的事、我只是個學生、甚至還是受害者之一，這些事我在腦中自我催眠上百遍了，但是我卻沒有辦法自私到底！

老師狐疑的轉過頭來看著我，我也只是搖了搖頭。

不管男生還是女生廁所，都有鏡子。

除了樓梯間的鏡子、蕃茄家的鏡子、我抽屜裡的小鏡子，甚至是廁所裡的鏡子，全部都已經不再安全。

而學校的學生，將陸續的失蹤……

第二章・哪一面鏡子？

我根本不瞭解這是什麼情況、也不知道事情為什麼會變成這個樣子，但是我卻清清楚楚的明白了一件事——

「鏡子鎮煞的功能已經失效了。」我語重心長的道出判斷，「被鎮住的東西跑出來了！」有別於外頭的慌亂與由遠而近的警車鳴笛聲，我們班卻異常的安靜，我坐在位子上，全班同學團團圍著我。

「……」阿寶挨在我身邊，緊握著我的手，「什麼……東西？」

「我不知道。」這是事實。

又陷入一片沉默，我努力平靜的維持理智，儘管我想瘋狂的大叫，想去砸破所有的鏡子。

「我們該怎麼辦？」一個男生開口問了。

「別問我……我怎麼會知道這種事？」我不耐煩的回應，「大家自己看著辦，看是要休學還是要請假，不然就請學校停課……不要什麼事都問我！我扛不起這種事！」

我一向只想要平靜的過生活，不想特別突出、也不想特別落後、不喜歡插手去管別人的閒事，也不喜歡道人長短！

這麼平凡無奇的我，擔不起任何責任！

「妳扛得起的！只是看妳願不願意扛！」蕃茄顫著聲音，突然握住了我擱在桌上緊緊交扣的手。

我抬頭看著她，蕃茄在幾個小時內變得溫柔許多。

「能從一年級就跟我尬到現在的人，才不是什麼弱者！」蕃茄拐個彎還讚美一下自己，「妳很強的，只是妳自私了點罷了！」

「妳這個時候還想吵架？」我沒好氣的噘起嘴，看著她。

「本來就是，妳都只顧自己，從來不管同學……可是，現在大家需要妳！」

全班不約而同的點了點頭，我覺得更加的不舒服！現在我肩上像是扛上了全班的命運，再過幾小時就會變成全校。

「下次我願意當班長、願意幫班上做事——」我指向了蕃茄，「這種差事麻煩不要再叫我做！」

「呵……」笑聲傳開，我卻很高興大家還笑得出來。

我無奈的搖了搖頭，我記得哪個算命先生說過我十七歲有劫難，爸也常說只要度過這個劫難就會大吉大利！

下次算命要問清楚，所謂「劫難」包不包括撞邪！

「我一開始就說了，是鏡子搞的鬼，所以叫大家不要靠近樓梯的鏡子！但是現在……所有鏡子都一樣了！」全班倒抽了一口氣，「蕃茄也瞧見了異樣，而且是在家裡的鏡子！」

大家開始七嘴八舌，議論紛紛，慌張的詢問蕃茄究竟看到了什麼！

「不要吵！」我喝令大家安靜，「我們現在只知道失蹤的人跟鏡子有關、也知道鏡子裡會出現奇怪的人，但是還不知道詳情是怎麼一回事！所以從現在開始，大家要離鏡子遠一點！」

「意思是不要照鏡子嗎？」

「要照可以，要有距離……」我沉吟了一下，「最好要有一公尺遠！」

「所有鏡子嗎？」

「全部、所有！在浴室洗澡時也不要照鏡子！」我仔細交代著，還要幾個男同學把這些重點告訴其他班級，在避開警方的前提下。

然後呢？我迷惘地看著大家，人不可能一輩子遠離鏡子的，但是這種情況究竟會延續多久？我們要怎麼去解決這樣可怕的事情？

我記得上星期大家還在討論園遊會的細節，我們還快樂的交談、導師也還跟我們商討……怎麼突然間，一切都變了樣？

我全身的細胞都緊繃著，因為這間學校充滿了讓我非常不舒服的東西……或許是鬼魅、或許是邪物、或許是靈煞……我不是陰陽眼、更不是降魔師，我只是一介平凡的學生啊！

咦？一個想法掠過我的腦子，我怔了怔。

「怎麼？」最先發現的竟然是蕃茄，而不是跟我最好的阿寶。

「我們……我們上星期還在討論園遊會對不對？」我扣住她的肩膀，「為什麼現在卻變成這個局面？」

「妳都不知道了，誰會知道？先是學生失蹤、然後是導師……」

「就是這個！」我一擊桌子，激動的站了起來！「安班的同學失蹤了！」

一切都是那天開始的！那兩個失蹤的就是安班的同學！

她們的東西遺落在大鏡子前，接著隔天就換導師消失、然後是蕃茄……說不定將會有更多的人看到異狀，然後一個一個都莫名其妙的失蹤！

現在女廁裡就已經又有人消失了，不是嗎？

我全身微顫，不知道是因喜悅還是因為害怕，但是事情有了一點眉目之後，很多想法跟著陸續打通！

我得往另外一面思考，我不能自私的只看到眼前與自己，與其抱怨自己為什麼那麼倒楣，在學校遇到這種事，不如去思考——難道學校成立這麼久，異樣只在今年發生嗎？

為什麼要用鏡子來鎮煞？煞是哪裡來的？又是誰會知道有煞要鎮？

這裡一定出過事！

我激動的拉過蕃茄到角落去，開始與她細語討論我的想法，我想要試著去解決這件事情，畢竟我是其中的一份子，鏡子並不會特地放過我。

我跟蕃茄意外的契合，她很快理解我的想法，也提出了她的見解與想試的方法，我們理出了頭緒後，決定開始進行。

先找出學校的歷史，再看這之中有沒有與失蹤同學有關的地方。

「失蹤日期，五月十日……放學後……」我跟蕃茄一同抄著筆記，「搞不好是逢魔時刻……」

「逢魔？」蕃茄皺著眉，我知道這名字不好聽。

「紅色的夕陽！夕陽是橙與紅的交錯，但是有時候紅色會佔了大部分，讓天空與彩霞都變成紅色……這種時候是魔物竄出的時候，所以才讓夕陽變紅。」

蕃茄看了我幾秒，小巧的唇噘了起來。

「妳是從哪裡聽到這種東西的？」

「我……」我愣了愣，一時也想不起是誰？

但是就是有個人，曾經指著鮮紅的夕陽對我說，那是逢魔時刻……所有妖物都出來活動，這時候要非常安分，任何觸犯到禁忌的事情都不能做……

是誰？跟我講這話的人是誰？

「我去圖書館查好了，要不然我覺得很難問到人！我們全都是外地學生，去找誰問啊？」

「問老師大概也不知道……不過我去找報紙，我想看看有沒有關於學生失蹤的新聞！」

阿寶坐在我們旁邊聽得津津有味，我想派點工作讓她做，但是阿寶太天真，一不小心就會出事，還是讓她乖乖的待在教室好了。

「妳們兩個……明明很麻吉嘛！」阿寶瞇著眼，咯咯的笑著，「默契真好！」

「誰、誰跟她默契好啊！」我尷尬的站起了身子，「早八百年咧！」

「對、對啊！」蕃茄也逞口舌之快，高傲的抬起下巴。

「我們去找一些資料，大家都安分一點！」我自然的朝著全班宣布，「離鏡子遠一點！拜託！」

然後我朝著老師而去，我們班已經停課，我只是拜託老師看著班上同學，然後請她去跟學校建議停課。

無論我的說法多麼怪力亂神、多麼的超自然，總是寧可信其有；畢竟出動再多警力，也是找不出失蹤老師與學生的下落。

那麼，請就我的想法……賭賭看吧！

我抬頭挺胸的走出了教室，後頭傳來小小的加油聲，這是我第一次撇開自私的心態去幫助別人、也是第一次扛起這麼大的責任……

卻也是第一次，覺得這種被寄託的感覺，其實不算太差！

「領導人！」蕃茄搭上我的肩頭，「妳現在是大家的希望了！」

「這感覺其實還不錯……不過希望不是在這種處境之下發生！」我嘆口氣，百感交集的笑著，「總覺得這是攸關人命的大事啊……」

「……」蕃茄旋即凝重的看著我，「妳覺得，失蹤的同學跟老師們……都……死了嗎？」

唉唉……這不是我覺不覺得的問題，我當然希望她們能健健康康的活著回來！但是，一旦進入了妖物的世界與空間，我實在不敢想像，它們會如何生吞活剝我們這些人類？

我們在圖書館耗了一整個下午，卻什麼也沒查到，學校之前從來沒發生過事情，而蕃茄也找不到關於這塊地的任何傳說。

唯一勉強有線索的，大概是在南部，有一所學校，三天內失蹤了十幾名學生，至今尚未尋獲，遂成懸案。

我們打去那所學校問，結果當然是被罵了個狗血淋頭，直說我們無聊兼造謠生事。

這天的調查到此告一段落，學校暫時全面取消夜自習，要同學們迅速返家；我也不想待在這鬼地方，跟阿寶她們道再見，交代她們小心，也上了公車。

回到家時依舊膽戰心驚，因為我們家一進門就有個與人同高的穿衣鏡，我特意繞到鏡子後頭，拿塊布蓋住它，然後想著該如何解決家裡其他的鏡子。

浴室的鏡子我動不了，衣櫃也是，這些地方我都得注意，必須離得遠遠的……

然後我坐在餐桌邊，開始思考要怎麼跟爸媽解釋這種事情。

鏡子好像一個通道，所有有鏡子的地方「它們」都能抵達，任誰都不能倖免，我們的對手是個日常生活用品，這要從何預防起？

媽媽回來時嚇了一跳，因為平常要多留一節課的我不可能那麼早回來，然後她看著穿衣鏡上的布，更加疑惑。

我等到爸爸回來後才把事情跟他們說，這一次我一五一十的全說了，包括導師是在我面前消失的事，完全沒有多加隱瞞，因為我必須遠離所有鏡子，需要家人的配合。

「妳明天起不要去上學了！」媽媽起身，去找布幫我把鏡子全數封上。

爸媽從來沒有懷疑過我的敏感，他們對未知的世界一向抱持尊重與相信；加上我曾清楚轉述清朝一位祖先的話，提醒阿嬤家可能會失火，所以大家都非常肯定我異於常人的第六感。

聽見媽媽的話，我覺得不要去上學的確是好事，但是心裡並沒有輕鬆的感覺。

「我……還是得去上學。」我出乎意料的肯定。

「什麼？學校那麼危險，妳還要去？」媽媽當然不大高興。

「可是……好像只有我比較能感應到危險，同學們都不知道……我是大家的保險絲，我不能不去！」真是意外，沒想到有一天我會為了別人去冒險犯難！

爸爸意外的平靜，他眼鏡下的雙眼凝視著我，而媽媽在一旁不悅的訓話，她說她不可能讓我回到那個可怕的地方。

「媽媽，噓……妳冷靜一點。」爸爸終於出聲，拉了拉媽媽，「妳要感到很高興，我們女兒長大了。」

「你在說什麼！」

「我從來沒有看過她為誰這麼拚命過，還願意回到明知危險的地方！」爸爸對著我笑了起來，「宜庭，爸爸支持妳！」

「爸爸！你在說什麼！已經那麼多學生失蹤了，你要宜庭去送死嗎？」媽媽跳了起來，尖聲相對。

「可是總不能一輩子躲在家裡吧？」爸爸抬起頭，無奈的聳了聳肩，「一輩子不照鏡子？一輩子躲著？」

是啊……我不能躲起來，事情一天沒解決，我們就一天不安全。

而且無論我身處何處，只要有鏡子存在的地方，終是逃不了的！

「媽媽，我想試著幫自己也幫大家……不然我一輩子都不得安寧！」我認真的抱住媽媽，「請妳支持我，我覺得我可以做到的！」

媽媽沒說話，但是她濕熱的淚水滴上了我的背。

一整個晚上，大家都很沉默，爸爸待在書房，我待在餐廳，媽媽則忙進忙出的幫我整理東西，以防我照到任何一面鏡子。

我站在媽媽的房門口，看著她坐在梳妝台前保養，鏡子裡的她神色憔悴且難受。

媽媽注意到我，趕緊把鏡子蓋上。

「妳進來怎麼不出聲？我才好把鏡子蓋上啊！」媽媽責備似的關心著。

我看著被蓋上的梳妝鏡，想到一件早該注意的事情——

為什麼爸媽他們照鏡子，全都沒事？事情發生那麼多天了，從來沒有聽過他們遇上什麼怪事？

發生事情的都是學生……老師……只有我們學校的人？

「宜庭？」媽媽搖了搖我，我現在的表情一定很痴呆！

「學校……只有我們學校的人遇上怪事！」所以蕃茄也只看到詭異的自己！「範圍是我們全校師生！」

「恐怕是。」對面的書房傳來沉重的聲音，爸爸走了出來。

我有點愕然，搞不懂爸爸那凝重又帶著肯定的語氣。

「鏡子本來是鎮煞的東西，樓梯口原本又是陰陽兩界的通道，也就是說，鏡子是扇門！」爸爸熟練的解說著，還伴隨著手勢，「不能進也不能出，隔離兩個世界的門。」

爸爸？我瞪大了眼睛，可是還是很仔細聽著。

「有人開啟了那道門，變成我們能進去，但是裡頭的東西出不來！你們要慶幸，至少門是這樣開的，而不是反向。」

是啊……萬一變成那些玩意兒一骨碌的衝出來，那恐怕不是失蹤幾個同學那麼簡單的事情了！

「那……為什麼會是我們學校？」我順其自然的問下去，彷彿知道爸爸會給我答案。

「因為門是在你們學校開的，禁令在那邊解除的……」爸爸沉吟了一會兒，「我推測，它們應該把身分鎖定為在學校的每一個人。」

「嗄？為什麼？世界這麼大，就因為在學校開門就這樣？」開門的可不是我啊！何必殃及池魚！

「對它們來說，學校就是全世界！」爸爸斬釘截鐵的說著，「它們每天映著你們每個人的身影，你們的世界倒影，就是它們的世界！」

爸爸的話讓我打了一個寒顫，因為這表示……鏡子裡的世界也是個學校，而且裡頭也會有個我……只是它還沒現身而已。

我從來沒想過會有這麼噁心的事情，照鏡子是理所當然的事，在鏡裡看到自己幾乎是定律……可是誰會想到，鏡子裡映著的自己，可能是個可怕的妖物——而它也正盯著你！

「宜庭，我不清楚儀式是什麼，我也不能確定誰開啟了那道禁忌，但妳凡事要小心！」爸爸眉頭深鎖，把一個東西塞進我手中，「爸爸只剩這個了，妳拿去用吧！」

我看著手裡的東西，不知道該哭還是該笑。

那是條繩子，一條綁窗簾的繩子……緞面材質，麻花辮的形狀，尾巴還有條流蘇，那是一條金色的、陳舊的，用來圈住窗簾的繩子。

爸爸……給我這個東西幹嘛啊……緊要關頭不要搞笑好嗎？

「好好收著，最好綁在腰上，當腰帶也不錯！」看著爸爸認真的臉，我把：『這條實在很俗』的話給吞了回去。

「爸……你為什麼會知道那麼多？」我心中僅次於鏡子的疑問就是這個。

「爸爸喜歡傳說，我常研究！我看了很多很多傳奇故事，統整一下，差不多就是這樣！」說到這兒，我瞧見爸爸眼裡閃過了自信，卻又混雜了消沉。

嗯，外婆說過，傳說多半都是真的，只是太嚇人，所以被改成故事！

腦海裡沒有多大的譜，不過我卻無緣無故的充滿信心，或許是爸爸說的那句：只進不出的關係吧。

這樣我就知道，它們是出不來的！

「啊……對了！爸！」我想到了一句話，「『逢魔時刻』你知道嗎？」

「嗯？」

「我今天想到這句話，血紅的夕陽與竄動的妖魔……」我誠摯的看著敬愛的父親，「是你跟我說的嗎？」

我瞧見父親複雜的神情，蹙起的眉頭，然後他看了媽媽一眼。

最終是長嘆一口氣。

「不是。」他無奈般的搖了搖頭，不再吭聲的回首往書房裡去。

「唉……該來的終究會來啊……」

這是書房裡最後一聲莫名的嘆息。

第三章・禁忌

隔天早上到校，我就知道事情不好了！

一個晚上，學校足足少了三分之一以上的學生，連老師都失蹤不少！全部的人都聚集在操場上，沒人想踏進任何一間教室。

「怎麼回事……不是叫大家不要靠近鏡子嗎？」我看著擠在操場跟籃球場上的人們，簡直不敢相信！

「很難吧？沒失蹤的幾乎都看到異樣了！失蹤的聽說完全沒有目擊者！」蕃茄憂心忡忡的跑過來，「這樣下去，學校說不定是最安全的地方！」

是啊……如果大家待在學校、避開鏡子，甚至像這樣擠在操場上，那些妖物根本毫無用武之地！

但是待在家裡，到處都是鏡子，一個不小心，就會讓妖物們有機可乘！

我緊皺著眉頭，這樣的發展雖不是始料未及，但未免也太快了吧？鏡子裡的東西這麼急切是為了什麼？如果爸爸說的是對的，那麼無論如何，它們都出不來吧？

而且為什麼把人人避之唯恐不及的學校，設計成最安全的地方？幾個男同學湊了過來，其中不乏跟我一樣體質的人，他們非常不安，也述說了自己的想法與判斷！

可是我們之中沒有一個人接觸過這種事，誰也不知道該怎麼辦！我手中只剩下爸爸早上塞給我的一本鏡子傳說故事，還有硬叫我繫在腰邊的窗簾繩……有用的應該只有那本故事書。

無力感倍增，我找了個地方坐下，今天的學校比昨天更糟糕，至少在我的眼界裡，現在好比是雲層厚重的黃昏，闃黑無光。

這樣的學校……怎麼能待人啊……如果不是莫名其妙生出來的責任感，我死都不會再踏進這裡一步……咦？

難道……難道……它們是故意的？故意要把大家趕到學校裡來？

廢話！如果是我也會這麼做，與其讓獵物四處分散，不如集中在一起獵殺來得方便！

「快！叫學校停課！老師呢！老師呢！」我倏地站起身，驚慌的大叫著。

「宜庭……怎麼了？發生什麼事了？」阿寶嚇到了，縮在一邊看著我。「妳好可怕……」

「我才不可怕！」我看了一眼阿寶，她已經六神無主了，所以我轉向比較清醒的人，還有蕃茄，「我們去找老師！快點！」

幾個同學跟著我走，蕃茄不愧是學生會長，到這個地步還非常冷靜，先交代幾個幹部，再跟著我來。

「宜庭，妳是大家的希望，妳慌張大家就會慌張……」她邊跑，還有心思跟我說這個，「盡可能不要在大庭廣眾下驚慌失措，OK？」

我瞥了她一眼，我第一次覺得或許我是不如她的。

她無論如何都冷靜以對，那晚看到鏡子裡不同步的自己後，到學校來也沒歇斯底里，反而是私下找我哭訴；剛剛那樣的情況，她還有空安排學生會的幹部去安撫同學們的情緒。

她才應該是Leader，但我只是因為能感應到危險，所以才變成Leader。

我知道現在想這個、計較這個很蠢，可是我還是禁不住的在乎。

我們衝到二樓的會議室，校長跟老師們正在開會，我簡短且清楚的把想法告知大家，並且強烈的要求學校立即停課，讓大家回到家裡。

要不然學校就會變成一個大陷阱，圈住我們所有的人。

我沒有給他們太多思考時間，要求當機立斷，其實老師們也非常手足無措，他們想要以所學的常理來判斷這一切，卻發覺越判斷越可怖，終究到了慌亂的地步。

所以沒有五分鐘，學校立即廣播，要求全校師生回家，復課時間會另外通知。

我稍稍鬆了一口氣，帶著大家下樓，卻感覺到今天學校異常的安靜。

同學們臉色蒼白的陸續往校門口走，我看著人數驟減的隊伍，想著莫名其妙失蹤的同學們，然後想起應該出現的人與聲音——警車。

警車呢？接二連三發生那麼多事情，記者跟警車應該比我們早到學校啊！

我沒有多想就往門口衝去，大家也都讓出一條路，讓我衝到最前面去！

最前方的是男同學們，他們有幾個看上去已經緊繃到一個境地，迫不及待往校門外衝，其中一個是隔壁班的大熊，他頂著壯碩的身軀，飛也似的拔腿狂奔……

直到他撞上了牆，反彈倒地為止。

這一刻，幾乎所有希望都化為烏有！我呆站在原地，看著踉蹌倒地的大熊……

他是衝向校門外的，但是為什麼像撞牆一下的彈回來？

外頭是條大馬路，上班時間的車水馬龍，入夏的晴朗天空……可是我們誰也搆不著外面！

我屏住氣，緩步的往前移動腳步，而同學們拉起撞疼前額的大熊同時間往後拖去。

我遲疑的伸出手，只要把手打直，我就可以越過校門！

可是我的手撞上一層透明的牆。

那是層全然透明的銅牆鐵壁，我們瞧得見外面的景色，但是卻無論如何都出不去！

男同學們分隊行動，他們順著圍牆攀爬，也全數被透明的牆壁給擋了下來。

我們已經踩進陷阱裡，誰也逃不出了！

「啊！天哪！」

「爸爸……媽媽……救我！救命啊！」

同學們抱在一起，哭成一團，手機跟電話全數斷訊，我們被困在這裡面，完全與外界斷絕！

我無力的頹軟身子，再如何料想也沒想到會變成這樣！

警車跟記者說不定也進不來，或者他們進去的是另一個空間中的學校……我沒有餘力去想，我現在只想知道，該怎麼樣離開學校、離開這個可怕的學校！

「啊啊啊！哭夭啊！什麼爛鏡子！」大熊突然歇斯底里起來，二話不說往後頭的教室樓衝了過去！

我倉皇的站起身，看著他的情緒崩潰，也訝異於竟然有人敢往教室那裡衝……糟了！

「阻止他！阻止他！」我立刻指向幾個粗勇的男同學，「要是讓他打破鏡子就糟了！」

餘音未落，我率先追上大熊，蕃茄拉過男同學，要其他人留在原地，然後那一票人才跟著我跑。

我好歹是競跑代表，很快的拉近與大熊的距離，幾個腳長的男同學也隨後跟上；我們衝上二樓，恰好看見大熊舉著椅子，從教室衝出來，準備往大面立鏡砸過去！

我是不知道砸破鏡子會怎樣，但是我覺得還是不要打破，免得節外生枝的好！

男同學們及時阻止了大熊，他們擋在他面前，攔住椅子，我趕緊上前把他們推向後，不希望在爭執拉扯中，讓他們太靠近鏡子。

「都是鏡子！都是鏡子害的！」大熊已面臨全面崩潰，「讓我打破它！打破就沒事了！」

「冷靜一點！」一個男同學一拳揮去，期望讓他安靜下來。

這方法像是奏效似的，大熊被打上白牆，氣喘吁吁，一雙眼空洞無神，難掩瘋狂的慌亂。

我一點都不怪他，只怕再這樣下去，所有人都會歇斯底里。

我請大家都到一旁休息，坐在樓梯上，別見著鏡子；而我蹲了下來，期望給大熊一點希望與打氣。

天知道我一點希望都沒有，明明毫無頭緒，卻還得維持鎮定。

「沒事的，大熊。」我溫柔的搭著他的肩，「有我在，沒事的……我們下午就可以離開了！」

大熊沒有看我，他直直瞪著鏡子。

我沒興趣回頭看，我想他或許正看到鏡子裡不同的他。

「大熊，只要跟大家在一起就會沒事，OK？」我繼續企圖分散他的注意力。

結果他突然一骨碌跳起，一個回身，往走廊底衝了出去！

「大熊！」我急起直追，猜想他還是執著要打破鏡子！操場上有多少人會這樣想？要是鏡子打破了我們就能恢復自由嗎？我不這麼樂觀，因為鏡子立在那裡是鎮壓，今天它們出不來，說不定就是還有鏡子的關係。

太多的猜疑、太多的不確定，才會有人精神崩潰！

眼看著就快追上大熊了，他準備經過我們班，向著走廊的玻璃窗上映著他驚恐萬分且發狂的神情……

玻璃窗上……映著……

就在那一瞬間，玻璃窗竄出了一雙手，一手扣住大雄的頸子、另一手勾住他的腰——唰！

大熊就這樣咻的被拖進玻璃窗裡，消失了。

我，終於知道……那些人是怎麼失蹤的了！

我想我是因為震撼而失足滑倒，也或許是因為想追上大熊所以跑向外圍，所以我離玻璃窗，有一段距離……

滑倒在地的我面對著的是白牆，上頭的玻璃窗映不出我的身影。

「宜庭！」後頭傳來呼叫聲。

「不要靠近玻璃窗！」我回以大吼，「只要能倒映我們的任何東西，全都是鏡子！」

話沒說完，又有一雙手伸了出來，若不是蕃茄眼明手快的推倒那位男同學，恐怕又有一個人要人間蒸發！

所有人都不敢動了！我幾乎是用爬行的爬到教室門口，再爬進教室裡站起身來，我奢望我剛剛是眼花，奢望大熊坐在裡面傻傻的對我笑……就算他歇斯底里也沒關係。

但是教室裡……並沒有人……

大家都被拖進鏡子裡，拖進另一個空間？還是另一個世界？

絕望與恐懼侵蝕著我，我靠上門板，滑坐了下來……人說眼見為憑，我多少的猜測與疑慮，老天爺讓我親眼見證了！

我昨夜的想法是多麼的錯誤與無知？根本跟鏡子無關，無論身處何處，只要有任何可「倒映」的物體存在，誰都逃不了！

我們完蛋了！我們死定了！我們怎麼可能敵得過那些東西？

只要能倒映我們的東西都是通路、都是門口的話，萬一現在下起一場雨，所有的人都會被映著自己的水窪拖走！

「宜庭！宜庭！」蕃茄的叫聲傳來，「怎麼了？妳怎麼了？」

隱約中，我還聽見男同學的啜泣聲，他們追著我，應該也親眼見到那驚人的一幕。

我好想哭、也好想尖聲嘶吼，但是我好像沒有那個時間……

「我沒事……沒事……」我深呼吸好幾口氣，盡力的平復心情，「你們別動，等我過去。」

我匍匐前進，爬過兩個班級，來到了樓梯間的平台，站起身時，我刻意看向了鏡子。

我有種必須與它正面相對的感覺，因為我現在身在其中，再也逃不掉！

竟然逃不掉，我就必須面對它，絕對不能讓它追在我身後跑！

蕃茄與大家都膽戰心驚的站在樓梯上，只有我看得見鏡子，我沒有預想鏡子裡的我會怎麼示威或是猙獰狂笑，我只想正面迎向「她」。

鏡子裡的我一如往常，表情看起來非常哀悽，看起來在隱忍著恐懼。

然後，一滴淚從我臉頰上滑下，我擰著眉想伸手撫去淚滴，觸及臉龐……卻發現我並沒有掉淚！

喝！我瞪大眼睛定神一瞧，鏡子裡的我在哭！

「她」哭著、面容比我更加哀憐，然後「她」伸出了手，像是對我做著邀請——

『進來！進來吧！』她的唇形，一字一字精準的說。

「宜——庭！」我來不及回神，被一股力量往左側拉去。

蕃茄緊張兮兮的看著我，她看我出了神，擔心我跟大熊一樣，所以使勁的把我拉離鏡子邊。

我依舊出神，真正的淚水從眼眶裡滑落。

「沒事的，宜庭……沒事的……」蕃茄說著謊話、大家一同說著謊話，緊緊的抱住我。

我不是因為害怕而哭泣……我是因為極度的哀傷，這份哀傷不是來自於我，而是來自於鏡子裡的我。

我感受不到敵意、也感受不到恐懼，鏡子裡的我非但一點都不嚇人，甚至還有種親切的感覺。

她要我進去，說得聲淚俱下啊……

我好不容易平復了情緒，再度迎向一雙雙恐懼無助的眼神，我必須先把同學們安置好，杜絕一切可能的麻煩才是。

做好心理準備，我們回到操場，由我跟這幾個面臨過危險的同伴們先去禮堂檢查一切能倒映的東西，等除去所有障礙後，便交由蕃茄有秩序的把同學們引領到禮堂裡集合起來。

男生們去找老師，結果只剩下兩個精神不正常的老師，其他老師似乎都被那張擦得晶亮的會議木桌給吞噬了。

我們已經沒有閒工夫安撫了，光是安頓幾百個人就已經很費神了。

我們用班級來區隔，每一年級有「聖主真恩平安喜樂愛」九個班，再讓同名班級的三年級照顧二年級、二年級照顧一年級，盡可能互相扶持，群聚在一起；而各班班長負責找二年級的學生會幹部報告，幹部們向蕃茄報告，而我只對蕃茄一個人。

這樣的處理模式決定得很快，也進行得有條不紊，跟蕃茄在一起，讓我的思慮清楚迅速，而且也有份安心。

所有人或低語、或啜泣，大家的命運在此時此刻，緊緊相繫。

我的「辦公室」在大舞台上的簾幕後，我抱著爸爸給我的鏡子傳說，細細咀嚼，期待可以從裡面找到任何一點用得到的地方。

我看上冊，蕃茄看下冊，其他同學坐在我們身邊沉靜不語。

一切事情的起頭在安班的兩個女生，如果那天正是逢魔時刻，那她們打破了什麼禁忌？跟我說逢魔時刻的人又是誰？爸爸為什麼要那樣嘆息？

很多畫面在腦子裡閃過，但是我卻連貫不起來……

「宜庭！妳看這個！」蕃茄把書遞過來，「很多禁忌都有許多限制，像時間啦、動作啦……可是妳仔細看這個！」

我接過書，仔細的閱讀上面的文字。

『千萬不能在 @#*&、鏡子中，數自己在鏡裡的倒影，因為一旦數到三十三個，就會有災厄出現！』

中間幾個字糊掉了，看不清楚，但是這樣的提醒卻讓我清楚的憶起報紙裡描述的現場……

失蹤的同學、散落在地上的髮夾、破碎的鏡子……以及鏡子外框！

如果安班的同學被拖進鏡子裡，遺落的物品就是來不及帶進去或是離開身上的東西！

而且一樓的老師回憶起事發前刻，她有聽見那兩個女生在數數兒！

幸運的是，目前倖存的老師裡，有一個就是那個趕她們回家的老師！

「老師！我需要妳的幫忙！」來到失神的老師面前，我輕搖著她。

老師沒回應，看著我，哇的又哭出聲來！

「老師，我們現在只剩你們了，只有你們兩位老師！」我用蕃茄加諸在我身上那套，如法炮製！「請您振作一點，我需要妳！」

也拜託妳不要失控，因為氣氛會感染的，現在最不需要的就是發狂的人！

這句話果然起了作用，老師們對學生的責任感比誰都重，在如何惡劣的環境下，他們也不會忘記自己的本職。

我從她漸漸恢復的雙眸中讀到了清醒與理智，但沒時間等她平復了。

「老師，妳說那天安班同學失蹤時，妳在樓下聽見了什麼？」我難掩激動的搖晃她，「我需要從頭到尾，妳所記得的聲音！」

事發不過一星期，我相信老師們超強的記憶力。

「我……我聽見她們在聊天，說自己胖，然後我叫她們快點回家……我進去辦公室，又聽見她們的笑聲，所以又走了出來。」老師緩慢的敘述當時的一切，「我聽見她們在笑、在哼歌、在數東西，接著就……」

老師話到這兒，開始僵硬，我知道接下來是尖叫聲與鏡子的碎裂聲。

「數什麼東西？」這才是我在意的。

「不知道，就是在數東西！」老師痛苦的嚥了口口水，要她在此情此景回想事情的開端，免不了是一種殘忍。

「數到哪裡妳記得嗎？十七？十八？」我看著老師疑惑的皺眉，「三十？三十一……」

「對！三十幾！」老師飛快的回應著，「我在樓下喊她們，她們正數到……三十三！就是三十三……然後是尖叫還有鏡子摔上地的……」

三十三！就是這個禁忌的數字！

我在黑暗中彷彿得到一絲光芒，證物與證詞幾乎不謀而合，那天必定是逢魔時刻、她們兩個一定在玩數自己的遊戲，站在兩面鏡子中間，還數到禁忌的三十三……

數到第三十三個自己，然後親手毀掉自己！

所以說，或許鏡子真的是鎮煞的，但是是學校為了風水而設立！學校過去沒發生事情，是因為很少人會這麼剛好的在逢魔時刻、打破這樣難以達到的禁忌！

「怎麼了？果然跟她們有關嗎？」恢復理智的老師握住我的手。

「嗯，老師，請幫我控制現場氣氛與情緒。」我感激的看著終於有清醒的大人，「其他的我來想辦法！」

阿寶看到我們，用關切的眼神看向我，我對她回以微笑，希望她放心。

天曉得要放心什麼？但是現在我得到了開端，心情整個放鬆許多！因為這總比什麼都摸不著頭緒好吧？

路過一年級的樂班，看見一個學妹正在睡覺，竟然有人能在這時候睡得香甜，我開始佩服與羨慕這種人的神經。

回到舞台簾幕後，我跟蕃茄再度把書攤平。

「這上面只寫這樣，沒有更詳細的東西！」我把那行字都快看穿了，還是得不到什麼，「而且還有字糊掉，會不會是重要的字？」

「應該還好吧……因為寫得夠清楚了，她們是數鏡子裡的自己才出事的。」蕃茄不悅的咬著唇，像是怨懟似的，「三十三個有多難數啊，她們是怎麼辦到的！」

「那……到底打破了什麼？」同樣敏銳的男同學，提出了最關鍵的疑問。

是啊，我們知道禁忌是如何被打破了，那禁忌的內容呢？

我們繼續翻書，就是沒查到任何相關訊息！

我最後把爸爸昨晚說的話告訴小組人員，關於鏡子是扇門，隔離了兩個世界，而失蹤同學的作為，等於開啟了鏡子的門。

所有人幾乎是訝異的認同，然後商討著為什麼它們要拖我們進去？

「至少要慶幸，它們出不來。」不知道是誰，這樣說著。

我想起鏡子裡的我，哭喪著臉，央求著我進去。

哈林的〈戒不掉〉突然響起，驚醒了整間禮堂的所有人！

手機明明斷了訊，為什麼還會有來電的聲音？而且那個音樂，來自於我身上的手機！

幾百雙眼睛瞪著我，現場陷入一片沉默，我遲疑的接起手機，總不會是鏡子裡的我打來的吧？

『宜庭？』電話那頭是陌生男子的聲音，『妳是宜庭嗎？』

「是……」我激動的握緊手機，「請你救救我們！我們全校被困在學校裡，請你報警……」

『報警沒有用的，我時間有限，長話短說！』男子的聲音很輕快，『妳要相信妳自己，宜庭！關於學校，你們犯的禁忌是『交換』，表示你們願意交換各自存在的世界……鏡子開啟了通路，也等於簽下了契約……^&*$……』

「喂？喂？」聲音漸息，而且雜音遍布，終至我完全聽不見對方的聲音！

我又喂了好幾聲，最後看著手機結束通話，為了不讓螢幕倒映我的臉龐，我蓋上它，扔到角落裡去。

「宜庭，那是誰？他會不會幫我們報警？電話為什麼打得通？」

那個人在說什麼？不但連報警都不願意，還說了什麼交換各自存在的世界？簽下契約？什麼跟……

「宜庭，到底怎麼回事？」蕃茄用力的搖晃我，我一臉恍然大悟的看著她。

「我想起來了！」我簡直跳了起來，「就是那個聲音……只是再稚嫩一點！」

「什麼啦！」她急得快哭了。

「告訴我逢魔時刻是什麼的人！」我喜出望外的叫了起來，「就是他！電話裡的人！」

那表示，安班的同學觸犯了禁忌，打開了通路、還幫全校師生簽下了交換世界的契約！

不管那個男生是誰、我相信那個男生！我深切的相信！

第四章・聖繩

我們度過了精神緊繃的一天。

我幾乎徹夜未眠，看著在禮堂裡蜷縮著、恐懼著、半夢半醒的同學、再看著朝陽昇起。

被困的第二天，我這麼稱呼著今天。

大家昨天靠著帶來的便當充飢，沒有帶的人就湊合著分食，我請學生會去各教室搜刮零食點心，還有每班的小型福利社存糧。

除了我之外，有個高三的學長，暫時稱他為眼鏡學長，他算是很敏銳，我覺得他在我之上，不管是感覺還是視覺，似乎都比我靈敏很多，有這種同伴，也讓我比較心安。

平常大家都是普通的學生，但遇上了事情，還是發揮了人類堅韌的一面！我們幾個學習能力很強，對於鏡子及反射的物品都非常敏銳，在處理與閃躲方面也迅速的熟稔。

由我們這幾個「身經百戰」的人帶頭，這二十四小時以來，扣掉大熊，已經再也沒有任何一個犧牲者。

而現在的狀況，除非我們關閉通路、取消契約，否則誰都不能全身而退。

問題是，契約是什麼時候簽訂的？用什麼形式？或許在鬼界根本不需要什麼白紙黑字，但是安班的同學卻還是等同簽了契約。

「來場和平談判怎樣？」眼鏡學長打趣的說。

「請它們取消契約？你會做這種鳥事嗎？」我站在男廁門口，悻悻然的白了他一眼。

我們負責監督清晨梳洗的同學們，先避開鏡子接上水管、把水引到水桶裡，然後要求每一位同學垂直梳洗，不許讓桶裡的水映照出自己的模樣。

每個人當然都洗得戰戰兢兢，天曉得我們這幾個監督者比誰都緊張。

女廁那邊由蕃茄顧著，我抽空來跟眼鏡學長聊聊。

「可能要我們交換一定的人過去吧？」

「別說得一副煞有其事的樣子！」我輕嘆口氣，「現在的情況是僵持不下，我們不照鏡子，它們也過不來，問題是能僵持多久？」

「能拖多久是多久，至少要等到我們發現解決的辦法！」眼鏡學長比我冷靜多了，聽說他從小就看過很多魍魎鬼魅。「妳……我昨天就很想問妳，妳那個腰帶是什麼？」

我一怔，尷尬的低下頭，看著我腰間繫著的「腰帶」？

「我爸給我的……窗簾繩？」我覺得超窘！

「窗簾繩？妳爸好炫喔！要妳綁這個上學喔！」眼鏡學長拿起我的繩子，我索性整條扔給他看。

說來話長，我也不想說，沒心情在這時候說笑話。

眼鏡學長把玩著窗簾繩，而裡頭一個男同學，竟然趁我們不注意時，跑到洗手台那兒去漱口！

「同學！」我高聲吆喝著，「不要靠近洗手台！」

「哎呀！很遠好不好！」男生不悅的回嘴，「我頭都在邊緣外耶！」

「傑仔！」眼鏡學長也叫嚷，這種時候還有人要犯規！

叫傑仔的同學連理都沒理我，只顧著咕嚕咕嚕漱口，然後一個微妙的差異，讓他愣了一下。

是的，鏡子裡的他沒在漱口。

傑仔抬起頭，瞪大了眼睛看著鏡子裡的自己，鏡子裡的他陰鷙地笑著，我全身的血液都快凍結了！

這個距離……明明超過一公尺……應該沒事的！為什麼還會出現異樣！

「退後！」我衝了進去，想要抓過傑仔的手。

但是有隻手比我更快，眼鏡學長拉住我的身體，直直將我往後甩，直到差點撞上了牆。

「哇啊！傑仔！」其他男生的叫聲，告訴我那個男生被拖進去了！

眼鏡學長上前拉住傑仔，其他同學也依著命令蹲下身子抱住他，我靠著牆壁驚魂未定，我明白剛剛一時的衝動，讓我差點靠近鏡子，眼鏡學長才及時把我拉離。

女生們都衝到門口來，蕃茄攔著她們不要靠近，我就站在裡頭，看著這既恐怖又詭異的拉鋸戰。

人生有幾次，會有這種經驗？

傑仔的頭整個沒入如水波般的鏡子裡，三個同學蹲在地上抱住他的腰、他的腿，而眼鏡學長站在他的左方，技巧性的扣著他的左臂，不讓他被扯進去，也不讓自己被拖走。

我看得出鏡子裡的拉力很大，大到四個男生都快招架不住。

而最詭異的情況是，鏡子裡也映著學長跟沒有頭的傑仔身體，它們正常的映照出拖拉的動作，就像是拔河一樣，我們這邊拉住傑仔，它們那邊要把傑仔給拖過去……

一面鏡子，一樣的動作，但是會有不一樣的結果……

很多想法在心裡形成，恐懼指數急速攀升，我看著鏡子裡奮力的人們，我感受到「它們」已經跟我們一樣，通力合作了！眼鏡學長的鏡影並沒有意圖要拖走學長的意思，它在幫鏡裡的傑仔獲得它該進來的靈魂與身軀。

還有，它們能行動的距離越來越大，不再是我以為的一公尺了！

我們能在學校待多久？等到斷糧時，不用被拖走，也只是餓死在一起的份……而且誰知道明天、明天這些東西可以突破多大的距離！

「宜庭！不要發呆！」眼鏡學長回身一吼，「過來幫忙！」

眼鏡學長的吼聲把我從恐懼的波浪中喚回，我趕緊上前一起抱住傑仔的身體，我感受到鏡子那端的力量無窮盡的龐大，我們根本敵不過那樣的力量……而傑仔的頸子也會受不了的！

「抱住他！宜庭！快點！」眼鏡學長突然指了指地上的窗簾繩，「圈住傑仔的腰，說不定有用！」

「你要我拿窗簾繩子拖住他？」我搞不清楚眼鏡學長在想什麼！

「死馬當活馬醫，說不定那不是窗簾繩！」眼鏡學長的吼聲在廁所裡迴盪。

不是窗簾繩？那還會是什麼啊？檯燈裝飾品？我也只有聽令行事，趕緊撿起地上的繩子，慌亂的把不停扭動的身體圈住。

繩子太長，我太慌張，啪的一揮，差點打到了眼鏡學長的臉。

不過他閃得快，繩子打上了鏡子。

繩子。打上了鏡子。

如果我知道那不是窗簾繩的話，我就會更小心的使用它；如果我知道它與鏡子之間會有這樣的關聯的話，我一定不會如此慌亂的揮舞它……

鏡子在繩子打上去的那一瞬間，馬上恢復成了平常那硬面的鏡子。

鏡子裡映著的我、映著的眼鏡學長，全部極為駭人的向後退卻，臉色從膚色轉為蒼白，從蒼白轉為青綠，完整的臉孔開始溶化，黑色的眼珠子牽著神經線滑了出來，在臉頰上晃呀晃……

然後鏡子裡閃過一道異樣的光線，裡頭重新映著正常而呆愣的我，擰著眉望著鏡子裡的眼鏡學長，一切看起來就像平常一樣。

唯一不一樣的，是傑仔。

蹲在地上的同學們不知道發生什麼事，持續抱著他往後拖，因為鏡子那方放棄了傑仔，所以他輕易的被拖出來了。

可是，只有身體。

他的頸子像被斷頭台的刀子俐落切過一樣，平整光滑，在被往後拉的兩秒鐘之後，開始噴血。

尖叫聲終於響徹雲霄。

傑仔站著、他站在原地打著轉，一雙手掙扎似的亂抓，頸子裡的血高速噴灑，灑得整間浴室、鏡子，還有我們的身上都是。

我一句話也說不出來，嚇得貼上牆、閃開他的亂抓與掙扎……他沒有頭，我卻覺得好像聽見了他的尖叫聲！

然後，傑仔倒了下去，一動也不動了！

眼淚從我眼眶中湧出，我再也忍不住的哭了起來，我記得從事情發生到現在，我幾乎沒有哭過……我強忍著淚水，為了支撐起一切！

可是到了這個地步，我再也忍不住了！

這個同學沒有被拖進去，但是他的頭進去了！被鏡子切得乾淨俐落，徹底的無法挽救！

蕃茄把女生們全部支開，她們在外頭哭得淒絕，有人被嚇到完全失控。

我在裡面看著趴在地上，血快要流盡的傑仔，連站都快站不住了。

突然，有個響聲傳了過來！

砰——砰——砰——砰——砰——砰——

眼鏡學長衝了過來，緊緊拉住我，然後要坐在地上那三位精神渙散的男生爬出去，不許回頭。

有人在敲著鏡子……

傑仔在鏡子裡……敲著鏡子。

他猙獰的齜牙咧嘴，他惡狠狠的瞪著我們，他頸子間有一道整齊的紅線，他緊握著拳頭，使勁的、用力的、捨命的敲著鏡子啊！

砰——砰——砰——砰——砰——砰——

鏡子彷彿受到他的重力敲擊般震動，但事實上並沒有任何動靜。

「啊——」

高分貝又刺耳的尖叫聲從鏡子裡傳來，那是種尖銳到極致的叫聲，尖叫聲彷彿一千、一萬根針，一針針鑽進我們的耳裡、毛細孔裡，引起無法形容的恐懼！

然後他使力過猛，啪的一震，頭從紅線處整齊的掉落。

尖叫聲不絕於耳，我的雞皮疙瘩不停的冒出來，心臟幾乎都要停止。

可是我卻知道，他出不來！他再也出不來了！

「繩子……我得去拿繩子。」我挪開眼鏡學長的手，視線落在水龍頭上的繩子。

「宜庭……」眼鏡學長的聲音很沉，「拿了就離開。」

鏡子裡的傑仔彎身去找頭後就不見了，所以現在鏡子裡映著的是正常的廁所、眼鏡學長跟我。

我顫抖著手，盡可能遠遠的、伸直了手的……用小指頭勾過繩子。

鏡子裡沒有異樣，什麼都沒有。

我緊握著繩子，大退了一步，然後踩著傑仔的鮮血，踏出了男生廁所。

每踏出一步，都在身後留下血紅的鞋印。

梳洗的地方換到另一棟樓，蕃茄回去幫我們拿體育服來換，我們也洗去臉上的鮮血；傑仔的事被淡淡帶過，大家只知道又有一位同學被鏡子拖了進去，我們沒有特別強調被拖走的是哪一部分。

我跟眼鏡學長精疲力竭，而且我們精神受創，所以由蕃茄發落剩下幾個一起出生入死過的同學，繼續監督其他人梳洗；而我們跑到中庭沒人的地方，因為萬一發起狂來，才不會影響其他同學。

我們應該以男廁為據點的，因為那裡的鏡子不會再有問題。

可是屍體還沒處理，沒有人想踩上傑仔的鮮血。

他沒有白死……傑仔用他的生命換來訊息，這條繩子，並不是窗簾繩。

「這像祭祀用的東西。」眼鏡學長如是說，「我握著它，感到很安心。」

我感受不到這個，爸爸從哪裡拿來這個我不知道，不過我現在充分的理解，它切斷了男生廁所的鏡子通路。

可不可以拿它來鞭打每一座鏡子？是不是這樣子就可以把通路給封閉？

答案當然是不可能，因為繩子只有一條，但是獵物卻是全校。

關閉通路之外，就是契約的問題。

尖叫聲沒有停過，持續迴盪在全校，那叫聲讓全校人心惶惶，我不知道它還要叫多久，但那叫聲令我崩潰！

我不想再去面對這一切了！我受夠了遇上這種事情！為什麼是我們？為什麼是我？這些魍魎鬼魅何時才能放過我們？

「不要再叫啦！住口！」我終於尖叫起來，「住口住口住口！」

「宜庭……」眼鏡學長拉住掩住雙耳的我，但是一再被我甩開。

誰來救救我們？為什麼我要面對這種極致的恐懼？我沒做過什麼大惡之事，為什麼要遭到如此的對待？

我應該是個平凡無憂的高二生，而不是每一分每一秒都在與死神拔河！

我寧願乖乖念書、寧願參加指考、寧可留校夜自習，就是不要再待在這裡一分一秒！

我跪在地上嚎啕大哭，哭到我的心都揪在一起，哭到我無法換氣，我還是越哭越激動。

我害死了傑仔！我害死了傑仔！我害死了傑仔！我害死了傑仔！我害死了傑仔！我害死了傑仔！

如果我不要在他頭被拖入時，讓繩子揮上鏡子，通路就不會在那瞬間被切斷——也切斷了他的頭！

什麼 Leader？什麼希望？什麼支撐？我什麼都還沒開始做，就親手殺掉一個同學！

唯一的、見血的、有屍體的同學，是因為我而死的！

「宜庭……宜庭！」眼鏡學長的聲音哽咽，卻還是盡力安撫我。

我們最後抱在一起，痛哭失聲，我們並沒有比誰勇敢、也沒有比誰厲害，我們跟大家一樣都很害怕，說不定……比大家更加的害怕！

但是我們必須假裝冷靜、假裝成熟、假裝什麼事都在掌握之中，安撫大家的情緒、維持所有秩序，甚至在親眼目睹同學被切斷頭顱時，還得從容自若！

我也想要狂吼、我也想要砸破鏡子，我巴不得衝進鏡子裡，把所有的妖物全部都殺光！

可是……

『學長？宜庭？聽到了嗎？』我上衣口袋裡的 PHS 手機發出聲音。

學校有好幾個人有 PHS 的手機，在一百公尺內，可以當作無線電使用，比斷訊的手機方便很多；我們搜集了這款手機，設定社群後，交由幹部一人一支。

我跟眼鏡學長離開對方，兩個人凝視著，我想我的神情一定與他一般哀悽，我們兩個才是最害怕的人啊……

「我們在G 樓的平台上。」我用力抹著淚，壓制著顫抖，冷靜的回著。

我們兩個幾乎是同時背向了階梯，拚命的深呼吸，因為再怎麼害怕，我還是 Leader。

「我們……」上樓的是兩個男生，「我們把傑仔的屍體處理好了。」

我嚇了一跳，不由得轉過頭去。

那兩個男同學，正是剛剛幫忙拉住傑仔的男孩！

他們看見我跟眼鏡學長哭紅的臉龐，強忍著的淚水也跟著滑了下來。

「我想……那邊比較沒問題，可是又不能讓大家看到傑仔那個樣子！所以我們把傑仔放到工具間去，將血洗乾淨了！」似乎跟傑仔最要好的朋友開始發出低沉粗嘎的哭聲，「傑仔不會怪我們的！因為傑仔人最好了！他讓大家知道那條繩子的力量，可以救那麼多人，傑仔一定爽斃了！」

看著他們哭，我反而哭不出來了。

我不能跟他們一起哭，我不能讓他們親眼看到我的情感崩潰。

我只能微微笑著，我只感動於不是只有我們少數幾個在奮鬥，這些看不見也感應不到的同學們，也努力的想分擔我們肩上的重任、也試圖為我們稀釋心中的恐懼。

「謝謝你們！我正在跟學長討論繩子的事。」我輕輕頷首，「你們先回去吧，小心一點。」

同學們抽抽噎噎的走了，我的力氣彷彿即將用盡，再度無力的頹坐下來。

肩上忽地傳來熱度，眼鏡學長挨著我坐下。

「不是妳的錯，這不是任何人的錯。」他溫柔的說著。

「總有人該為這件事負責。」我冷冷的回他。

「那就怪天吧！」他輕笑著，說出了讓我呆愣的話。

我記得以前曾經念過〈謝天〉這篇文章，最後一句點出全文主旨，要謝謝的人太多，那就謝天吧！

而今，不同的時空環境與背景，深切的未知與恐慌，要恨要怪的人太多……那就怪天吧？

我先是詫異的點點頭，然後再無奈的搖了搖頭：「真有你的！」

我不否認，眼鏡學長的這句話不但讓我破涕為笑，而且決定暫時把罪惡感擱到一邊去。

我們把焦點放到繩子上頭，眼鏡學長堅定的說那是神物，因為它徹底的斷絕了鏡子的通路，而我不知道該贊成還是反駁，因為在我眼裡……它還是條窗簾繩……

好好好，有力量的窗簾繩。

我們重新回到禮堂，幹部們及阿寶在為大家發早午餐，蕃茄率領一票人開始翻書，希望爸爸給我的傳說裡有插圖，剛好畫的就是這條窗簾繩。

我嘆口氣，隨便往旁邊看，綁舞台簾幕的繩子就跟我這條繩子長得非常無力的像……

禮堂裡的哭泣聲越來越大，因為尖叫聲從未停過；有四分之一的人已經失控，不必二十四小時，這裡將無法約束所有同學。

那彷彿從地獄中傳來的尖叫與鬼哭神號，讓只有十幾歲的我們瀕臨崩潰邊緣。

阿寶憂心忡忡的回首看了我好幾次，她的臉上掛滿哀傷。

我．沒．事。我好幾次用唇形這麼告訴她。

最後我們決定帶著這條神秘的窗簾……好，帶著這條神聖之繩，去封住學校裡大部分的鏡子。

我不知道我們能做到什麼地步，但是不放手去做，就永遠不能到達目標。

從女生廁所開始，一層一層樓、一棟一棟建築物，我們越封越膽戰心驚，因為每當繩子揮向那面玻璃或鏡子時，我們都會見到鏡子裡的我們開始腐爛變形，然後發狂似的敲打鏡子，發出同等尖銳刺耳的叫聲。

鏡子裡的人越來越多，不再是只有我們的倒影。

鏡子、玻璃窗，我們開始被這些東西包圍，它們淒厲的叫聲圍繞在我們四周，不管東西南北，把我們團團圍住，整間學校到處都充滿那種聲音！

「不要再叫了！哇啊！不要再叫了！」一只是叫聲，我們之中就有人開始抓狂。

我自己的手都在顫抖，那種隨便回頭都能見到鬼怪的情況、都能聽見聲音包圍著你的處境，我這輩子都無法忘記。

除了恐懼，還是深深的恐懼……

所以我決定停止封印，因為學校裡還有大半的反射物沒有解決，再這樣下去，在我們瘋掉之前，耳膜會先被震破的！

一行七個人，兩人扶著喃喃自語的男同學，與其他人一同回去禮堂。

我臉色蒼白、冷汗滿佈，我的腦子裡甚至有迴音，不絕於耳的叫聲啊……

途中經過二樓那面第一現場的大鏡子，我還是多看了它一眼。

它尚未被封印，我也不打算封印它，原本就是打算將學校所有的鏡子封住，就只留這一面！

我們必須留下通道，才有助於任何突發狀況的探索與解決。

鏡子裡的我，與我的動作一致，但表情依舊比我悲傷……且急切得多了。

『進來……快點進來！』她用唇語，再度與我交談似的。

「我不是白痴。」我冷冷的回應她。

我們一路穿過籃球場往禮堂走去，時間已經是日正當中，陽光刺得睜不開眼，誰也不會想到，所謂魍魎鬼魅不一定只有在黑夜中出現啊……

這段遭遇，打破了很多的「我以為」。

「……宜、宜庭？」一個微弱的叫喚聲從後方發出。

我們一同回首，是班上的小橘，一個嬌小玲瓏又熱心的女生，這兩天總是跟著我們衝鋒陷陣，她站在黑色的車邊，一臉緊張的看著我們。

「好、好像有人在拉我……」她不敢往下看的臉益發蒼白了！

我連想都不必想，趕緊移動角度，看著站在車子旁邊的她，究竟哪裡有哪一面鏡子可以——後照鏡，她的左手被車子右後照鏡給拉住了。

後照鏡裡照例有著一隻飢渴的手，緊緊抓著小橘的手，意圖當然是往鏡子裡拖。

我皺起眉，有點訝異，原本失神的男同學跟扶著他的同學們紛紛迅速回身，去幫小橘的忙。

「哇靠……鏡子。」眼鏡學長這次涼涼的站在一旁，指了指車子的後照鏡。

「我可真佩服『它們』的毅力……」有沒有搞錯？這麼一個小小的後照鏡它們也不放棄？

「他們幾個隨便都能拉回她！」眼鏡學長搖了搖頭，有點啼笑皆非，「『它們』說不定比我們還慌亂，因為聖繩的關係。」

聖繩？我看了一下腰間的窗簾繩……很佩服眼鏡學長的投入與豐富的形容詞。

總共兩男一女，努力的抱著被後照鏡拖住的小橘，其實這是輕而易舉的事，一來是因為通道太小、二來鏡子裡的妖物再怎樣，力道也不如這邊三個人來得大……

只是我突然被刺眼的陽光扎了一下眼……

現在是正中午，強烈的陽光加上車窗上的深色隔熱紙，會變成——鏡子！

「啊呀——啊——」果不其然，活生生的尖叫聲出現在近在咫尺的地方。

已經有一個女生不見了！

「學長！」我尖叫一聲，眼鏡學長似乎比我早一步想到，已然衝上前去。

「不要！」在一旁的蕃茄飛也似的撲上學長，撞到在地，硬生生擋住他的去向！

站在車子邊剩下的一男一女被車窗伸出的手扣住了頭，迅速俐落的拖了進去，因為車窗的大小不如玻璃窗與鏡子來得大，所以速度比大熊慢了一點……

但終究是沒有什麼延遲的消失了。

我們剩下的三個人呆然在原地，看著我們觸犯禁忌以來，最緩慢的一次拖行。

被後照鏡拉住的小橘，曾幾何時……右半身已經被斜斜的拖進去了。

在我們眼前的她，只剩下右肩頭斜到左腰線的部分，她跪在地上，整個身體一顫一抽的晃動著……

我沒有聽見她的尖叫聲……是跟其他同學混在一起……還是她根本沒有時間……

小橘繼續被拖進後照鏡裡，一吋一吋的骨頭往鏡子隱沒，而肉泥與血彷彿刨冰一般……一吋一吋的被刨出後照鏡外。

她的身子繼續猛烈抽搐著。

她的身體與腳還在亂踹、還在掙扎，我只是站在那兒看著，我就能感受到她遭受到的是何等的極刑與痛楚！

最後，小橘也消失了。

留給我們的是一地、一整片怵目驚心的血灘……還有那些掛在後照鏡邊緣、外面，甚至飛濺在車子上的肉泥與肉屑……

迴盪在校園裡的尖叫聲，此時此刻變成了歡愉的勝利軍樂。

然後不知道是誰在嘔吐，我只感到全身的力氣被抽得精光，整個人快速的往早該去的地獄裡墜落。

第五章・戰勝恐懼的方法

我們校慶園遊會的主題，是賣調酒；工作都已經分配好了，我也在校慶運動會上代表班上參加一百及八百的競跑。

然後是下星期一的數學小考，我本來打算週末才念的。

這些平常的生活，在轉瞬間變得如此珍貴與奢侈……至少大熊失去了、傑仔失去了，小橘連期末考都無法參加了！

『宜庭……賀宜庭……』

我站在黑暗裡，遠遠的有個霧濛濛的白點，白點迅速成形，隱約是個人的樣子。

『我知道妳很害怕，但是妳不能就這樣退縮了！不要用既定的眼光跟觀念去看待發生的事情！』是那個男生的聲音，多麼多麼的熟悉啊……『一定要相信自己，不要浪費別人給的生命！十七歲的劫難是讓妳活下去的，不是讓妳犧牲的！』

模糊的男孩影子舉起一隻手，指向遠方。

『換個角度看事情吧！時間不多了，妳該醒了！』

該醒了！

啪！我瞬間睜開雙眼，眼皮像是自動跳開一樣，映入眼簾的是刺眼的舞台燈。

剛剛那是什麼？夢嗎？可是為什麼如此真實？而且夢裡那個男孩的聲音，就是打給我的那個人！

他是誰？怎麼會在這時候幫助我？而且自從認出他的聲音後，我就覺得我跟他是熟識的！

「宜庭！」冷不防的，一個擁抱圈住了我，激動且緊繃的。

阿寶緊緊抱著我，開始低聲啜泣，我難過的撫著她的頭髮，試圖告訴她我應該沒事了。

校園裡的鬼叫聲一樣持續著，我習慣了，盡量充耳不聞。

「小橘她、她……」阿寶抬起頭來看著我，淚流滿面。

小橘！我倒抽一口氣，為什麼阿寶會知道小橘的事情？

「妳醒了？」蕃茄聞聲，掀開厚重的簾幕走了進來。「還好嗎？」

「我先問妳吧！」我看著她蒼白如紙的面容，好笑的問。

蕃茄坐上地板，簡單的跟我解釋，小橘的屍屑已經由阿寶清理好了，她把屍體裝在一個垃圾袋裡，跟傑仔放在一起。

我帶著責備似的眼神看著她，什麼人不叫，為什麼叫阿寶去？

「因為蕃茄她一直吐，學長也失神了！」阿寶趕緊為蕃茄開脫，「而且……比較會的人……好像就剩你們三個……」

啊……我沉默下來，一直都是我們幾個一起行動的，七個人各司其職，可以做很多事情，而一台車子，瞬間就讓我們失去了四個人。

剩下看過可怕場面的人不到五個，我們竟然一直損失可以控制的人。

我看了看四周的天色，看了看腕錶的時間，現在竟然已經是隔天清晨，被困的第三天。

「學長呢？」

「也吐過了，還在睡。」

或許不該行動的！

因為我們想要阻止這一切，所以我們才會一直在校園裡穿梭，才會一直接近危險的地方！而一直待在禮堂裡的學生，幾乎都沒有折損。

「阿寶，妳別把傑仔跟小橘的事說出去！」我轉頭叮嚀著，其他人不必知道這種事。

「傑仔的事大家都知道了啊……我是聽別班女生說的！」她微微發著抖，「不過她們沒有提到……他的身體還在這裡……」

「那就不要提！那種場面比整個人被拖進去還來得駭人……」我握緊她的肩，「小橘……沒嚇到妳吧？」

「沒有！」阿寶含著淚水，一遍又一遍的搖著頭，「小橘她……竟然是用這種方式留在這裡……」

這樣下去不行！

會的人一直損兵折將，要是剩下那些什麼都不懂的學生，情況會變得更加糟糕！

我們必須暫時封住學校裡的鏡子，至少讓大家無後顧之憂的活動，剩下的到時再說！

「我們……」我才要開口，腦子裡突然閃過夢境裡的話。

——不要用既定的眼光跟觀念去看待發生的事情！

既定的眼光？我現在這樣做是既定嗎？夢裡那個男生想告訴我什麼？要我變換角度去思考，難道要我停止現在的想法，改成用鏡子裡的怪物來想？

那我會巴不得趕緊拖所有人進去好嗎？

還是得像我的倒影一樣，裝一副可憐樣，每次見面都哀求著叫我進去？

我真搞不懂那是什麼意思？她的反應異於常「怪」！她出不來？所以要我進去？我又不是白痴，乖乖的站在鏡子前讓她拖？

每一次見到異樣的自己，都讓我心生無限疑慮……每一次？

「喂！妳們……都看過鏡子裡奇怪的自己嗎？」

她們點了點頭，她們看到的都是可怕的自己，或狂笑、或猙獰，還有人在鏡子裡把眼珠子挖出來當球玩。

「妳沒有嗎？」蕃茄推了推我，「我記得妳那天在班上還把自己的鏡子甩出去！」

「那天……」我想起靠在我肩上，那個沒有眼睛鼻子、嘻嘻嘻笑個不停的該死浮水屍，

「我看到的不是自己。」

明明有機會，為什麼鏡子裡的我不嚇人、也不企圖拉我進去？

她從來沒有嚇過我，她從來沒有猙獰過，她一向只有悲傷與哭泣，一直只會叫我進去……難道說……

我一直認為鏡子裡的鬼怪是可怕的，鏡子裡的它們一直想出來……但是我的倒影卻不是那樣……

從另一個觀點來看這些徵兆的話——那就是鏡子並不是那麼可怕，倒影也不一定想出來，該出來的不是它們，說不定是我們該進去……

「會長！」外頭傳來倉皇失措的聲音。

蕃茄立刻出去，我也趕緊跟著走。

「有人不見了！我剛剛點名，有個一年級學妹失蹤了！」班長緊張兮兮的喊著，蕃茄立刻跳下舞台，找人去搜尋。

其實這不是什麼大事，我們把禮堂的出入口全封了，只留下大門，大門那裡又有人輪流

看守，想必不見的學妹應該還在這棟建築物裡……如果她沒有靠近鏡子的話。

我越來越處之泰然，但是能為這樣的小事就驚慌失措的話，表示學生們的情緒已經到達臨界點了。

「賀宜庭！我們什麼時候可以回家？」有人突然站起身，流氓式的問著我。

「我要回家……我想回家！」不知哪裡的聲音開始哀嚎。

「為什麼會這樣……我不想死！我們要困在這裡到什麼時候？」

「你們搞了那麼久！到底解決了沒有？為什麼這個尖叫聲一直沒停過！你們在搞什麼啊！」

「大家會死在這裡的……一定會死在一起的！」

呼……我真的很不想蹚這個渾水，也不想去扛這種責任，但是這些天殺的同學們個個沒良心，他們到底知不知道已經有多少人為他們犧牲了！

「去問鏡子吧！」我冷冷的撂下了這句話，「有種的，自己去問鏡子。」

回身，我進入了重重的簾幕裡。

外頭一陣鼓動，有人意圖要衝出去，他們受夠了一直待在這間封閉的禮堂裡了！去吧！全部都去吧！要不是為了他們，我何必這麼辛苦、小橘他們也不會犧牲！

阿寶坐在裡頭，仰著頭看我，朝我伸出一隻手。

我擠出一抹苦笑，握住她的手，一併坐了下來

「妳不能不管我們……宜庭！」阿寶用力握著我的手，「沒有妳的話，我們會完蛋的！」

「是大家不願意讓我管……這種人命關天的事情，大家還是跟平常一樣……」

不做事卻責備做事的人，不負責卻質疑負責任的人，蕃茄是學生會長，這種感受一定比我強烈得多。

「宜庭啊……萬一、我是說萬一我們自由了，該怎麼跟警察說？」她嚥了口口水，吞吞吐吐，「關於傑仔跟小橘的屍體……」

我瞪大了眼睛看著阿寶，非常好！我完全沒有想到這件事！

我也沒時間想到這一層，因為我們必須「先自由」了，才會遇上警方，解決屍體的事情吧？

『鬧夠了沒有！全部給我安靜！』麥克風突然被開啟，傳來帶著惱怒的聲音，『坐下！班長！點名！』

我趕緊起身往外看，眼鏡學長曾幾何時已經醒了，還開啟了禮堂的麥克風音響。

他的臉色果然沒比蕃茄好到哪去，帶著疲累與憔悴，多少是被這陣騷動吵醒的吧？

『你們這些人只會坐在裡面，躲在安全的地方，讓我們在外面衝鋒陷陣，面臨不可知的東西……現在還敢在這裡質問我們？你們知不知道多少人失蹤了？全都是為

了你們大家在外面奔波的人！』

眼鏡學長怒氣沖沖的指著禮堂裡的同學罵，我能感受到他非常生氣，因為如果中午是我們靠近車子，說不定現在我們就不會站在這裡了。

一個不留神，就會丟掉生命。

——一定要相信自己，不要浪費別人給的生命！十七歲的劫難是讓妳活下去的，不是讓妳犧牲的！

男孩的聲音再度浮現，我蹙起了眉，想起他說的這句話……裡面藏了什麼玄機？

為什麼我的生命是……別人給的？

「好了，學長！他們只是太害怕了！」蕃茄從後頭走了回來，

『我就是受不了這個樣子，誰要出去，就讓他出去好了！』眼鏡學長真的是怒不可遏，往門口的人一指，『讓開，從現在開始不要守著大門，要出去的人就滾！』

唉……這樣會死人的。

站在門口的守衛們無助的看向我，畢竟我還是Leader。

我搖了搖頭，再怎麼不願意與不爽，我還是得盡可能保護僅存的同學；我上前把麥克風給關掉，請蕃茄跟阿寶拉下眼鏡學長，盡量的安撫他。

這就是人性，不管處於何時何地，都不會更改的人性。

恐懼、害怕、責怪、失控，都是人在絕望前的掙扎。

「學妹找到了嗎？」

「找到了！」蕃茄露出一種奇異的神色，「妳知道嗎？她竟然跑到二樓的休息室去……睡覺。」

「睡覺？」這果然是令人驚訝的形容詞。

「她說在這裡睡很不舒服，所以溜到二樓的沙發上去睡覺……這還不稀奇！她竟然沒聽到震耳欲聾、吵了我們快七個小時的尖叫聲。」

我有點愕然，世界上果然什麼人都有！

「我耳膜都快破了耶……」阿寶眉頭也皺成一團，「而且這聲音淒厲得嚇人，怎麼會……」

「她沒聽到！我責備她亂跑時，她第一句話還問我，為什麼要集會？集會是為什麼？」

哇……我由衷的佩服起這位學妹了……

「世界上有我們這種稍稍敏感的人，也有那種不敏感的人。」眼鏡學長苦笑一陣，「這種情況下，她是頗令人羡慕的。」

「也是……」我聳了聳肩，「不過我現在寧可我是敏感的，至少比她知道一些危險所在。」

蕃茄接著詢問我們下一步該怎麼走，眼鏡學長希望趕緊把鏡子全數封印，而我卻阻止了這個做法。

我決定換個角度看世界，重新思考這件事。

因為在場的都是熟人，所以我也沒有隱瞞的把夢境告訴他們，他們多少能提供意見，也不會把我當作神經病。

其實從一開始，我就都用既定的想法去思考異象。

有人出了事，鏡子是鎮煞的，光憑這兩點就以為學校有問題？一定出過事？鏡子是為了鎮壓而設立的？這種想法太固定了！

鏡子在風水學裡是不可缺的，它本來就有鎮煞的功效。但是學校沒出過事也沒任何問題，關鍵在安班的兩位同學站在鏡子之中，數到第三十三個自己。

光是這樣，事實就推翻了我既有的三個想法。

所以我現在要試著認為鏡子並不可怕，而且多跟另一個我接觸看看。

「妳瘋了嗎？」蕃茄第一個阻止。「妳要去大鏡子那邊？」

「我會保持距離的！我想知道更多事！」

「宜庭，妳是不是睡不夠？要不要多睡一點？」連眼鏡學長也反對，「這種事情太冒險了，萬一被拉進去，什麼都太晚了。」

「我不知道……但我就是想試試看。」我劃上堅定的笑容，告知他們我的決定。

而且這次我不希望任何人跟著我去，因為萬一我出了事，還有人可以主持大局。

「阿寶就待在這裡，妳——」我轉向應該在右方角落的阿寶，但是那裡沒有人。「阿寶？」

阿寶什麼時候走的？我們聊得太專注，沒有注意到她是什麼時候離開的！

「反正阿寶我會看著。」蕃茄知道我跟阿寶有多要好，「妳放心好了，她也不是會做出傻事的人！」

我點了點頭，此時此刻，這兩個人實在可靠得不得了。

我這樣做不是因為我勇敢，而是因為我依舊是那個自私的賀宜庭。

我想要突破這樣的困境、我想要打破這種詛咒，我也不想要再守著這些大部分不認識也沒感情的同學。

然後我也想知道鏡子裡的我到底想幹嘛、更想知道為什麼我的生命是別人給的？為什麼我十七歲的劫難聽起來是必然發生，而且還是為了讓我活下去的關鍵？

我不為別人，拜託！別幫我當聖人，我只是想知道自己的事、想要恢復正常的生活。

「繩子我帶走，但是我如果被拖進去，我會設法把繩子留下來。」我瞥了一眼他們兩個，「別一副送荊軻的模樣。」

「宜庭……」蕃茄流下了淚，憂心忡忡。

「我現在的感覺，是從來沒有的堅定。」我毅然決然的起了身，「你們放心好了。」

大概是那個男孩的關係，我的恐懼感竟然漸漸減少，相反地，還充滿信心，因為這讓我想要去找尋某種答案。

就這樣，我第一次一個人離開了禮堂，一個人走向那佈滿黑影的大樓。

既來之則安之，我這麼告訴著自己，手裡卻還是緊握著繩子。

走到二樓時，我卻徹底的被嚇住了。

因為我聽見可怕的鬼哭神號從鏡子裡傳出，而且還見到鏡子裡只剩頭的傑仔邊飄著邊狂叫，而在飄浮頭旁邊的是一具骷髏頭……上頭黏著肉屑、臉部骨頭像被重力擠扁一般，全身的骨骼也不正常的扭曲或折斷。

那是……小橘嗎？

我站上階梯頂端，卻赫見鏡子前躺著傑仔斷頭的屍體，還有一包……應該是小橘碎肉的垃圾袋。

這兩樣東西為什麼會在這裡？就是這樣才吸引了鏡子裡的它們過來！

因為鏡子裡的它們並不完整，它有太多東西留在這邊的世界了！

突然間，前方奔出一個熟悉的身影。

「阿寶？天啊！妳在這邊做什麼！」

阿寶什麼時候跑出禮堂的？而且這兩具屍體……是她搬來的嗎？

「宜庭……」阿寶怯生生的看著我，「妳、妳不要過來喔！」

「妳在做什麼？快點過來！」她離鏡子太近了！阿寶不知道這些東西能竄出的距離已經超過一公尺了！

「不行啦……我得先把身體還給它們！」阿寶一臉害怕，卻流露出執拗，「要不然……」

「不可以！妳怎麼可以把他們的屍體送給這些怪物？」我邊說，邊踩上平台，「妳先過來！」

「不行！屍體留下來的話，就不是失蹤了！」阿寶流出了淚，拚命的搖著頭，「這會變成謀殺，會變成殺人案件的！」

噯呀……傻阿寶，現在怎麼會想這種事情？

「我知道妳還沒時間想，所以我先幫妳想好！我們不能跟警方說是鬼殺了他們，沒有人會信的！所以就讓大家失蹤好了！」阿寶邊說，邊把傑仔的屍體拖移近鏡子，「不能有任何屍體留在這裡，這樣就不是謀殺了！」

「阿寶……」到了這種地步，妳還在為我們擔心？

鏡子裡傑仔飛快的拖過屍體，阿寶明顯被嚇到，踉蹌在地，看著裡頭原本只有頭的傑仔，變成完整的人，手舞足蹈的消失。

然後那具變形的骷髏頭，張大了嘴，討著它剩下的部分。

阿寶戰戰兢兢的，拎過垃圾袋，丟在鏡子前。

我小心翼翼的接近阿寶，如果事情解決了，她就該離鏡子再遠一點……

整袋垃圾袋被拖了進去，我不想形容「組裝」好的小橘，畢竟她整個骨頭都因為穿過後照鏡而變形，即使肉回到身上，也不會比較好看。

我在意的，只有鏡子裡現在映著的我，還有坐在地上的阿寶。

「謝謝妳幫我想得那麼周到。」我伸出手，「阿寶，我們再往後移一點點。」

鏡子裡的阿寶完全沒有異樣，我的倒影也是。

「我想過了，就算不是謀殺……妳也會被當成神經病！我不要那樣！明明是妳救了我們！」她回頭看著我，淚眼婆娑的啜泣著，「我們約好要一起上大學，要考同一所學校的！」

「我知道。」我會心一笑，知交好友難尋，我很慶幸我在高中就找到了！

我太感動，以至於分了神，沒有注意到鏡子裡的阿寶已經轉正了頭，貪婪的凝視著現實的阿寶。

「不要罵我喔！我知道這有點危險……」她站了起來，滿臉是歉意，「妳都幫我們這麼多了，我犧牲一下下沒有關係啦！」

「好啦！下次再這樣我一定罵人。」我朝她伸直了手，「妳別涉險，別忘了，我們是約定要上同一所大學的。」

「嗯！」阿寶用力的點頭，如同身後抱住她的那雙手一般用力！

阿寶！我立刻扣住她的手，可是那力道好大，她一下子就被拖進去了！

我使勁的撞上鏡面，親眼看著她的手指頭從我掌心內滑走！

「不——阿寶！阿寶！阿寶——」我尖叫著，我嘶喊著，看著鏡子裡獨剩的一個人，我。

不……不是這樣的，不該是這樣的！

我們約好要一起升學的，我們連系所都決定好了……我們還要住在同一棟宿舍，我們要一起畢業……我們不是剛剛還在約定嗎？

我趴在地上，完全無法思考，只能任淚水一滴滴滑落。

有隻手輕柔的為我撫去臉頰上的淚珠。

我抬起頭，那隻手是鏡子裡的我，她同等難受般的看著我，然後穿出了鏡子，為我撫去痛心疾首的淚水。

我才意識到，我根本就在鏡子前不到一公分的地方……

「啊呀——」我終究驚醒，嚇得向後退向白牆。

我沒有被拉進去……我失控的撞上鏡子，卻沒有被另一個我拉進去！

而且她竟然跟著我哭，還為我拭去淚水？

鏡子裡的我幽幽的站起身來，她走到鏡子裡映著的樓梯拐彎處，把身上的繩子拆下來，綁在扶手上頭。

然後她退後、退後，直到站在鏡子的正中央。

『快點……進來好嗎？』這一次，我在狂亂的鬼叫中，聽見她的聲音了！

跟我一模一樣的聲音！

我的心跳得非常急遽，我還來不及陷入瘋狂的悲傷，還來不及去處理碎掉的心與失去摯友的痛楚，我就得面對本來該面對的事情。

我知道鏡裡的我不可怕，而且她……恐怕將為我解答。

我站起身，照著她剛剛在鏡子裡的示範，把繩子從身上拆下來，綁上扶手，然後退到鏡子中間，甚至站在了她的面前。

瞧鏡子裡，繩子明明綁在扶手上，可是卻有條金色的線綁在我腰際，與窗簾繩連結著。

是這個意思嗎？我凝視著鏡子裡的自己。

然後，她按照慣例，伸出了手，對我做著邀請。

那手穿出了鏡子，停在我面前。

我想起了最近在公車上看到的電影海報，電影叫《惡靈線索》，尼可拉斯凱吉主演，上頭有一句特別的小標題：

戰勝恐懼的唯一方法就是——犧牲！

我搭上那隻手，把心一橫，決定不再讓恐懼籠罩著我。

我，穿過了鏡子。

第六章・鑰匙

我一直在想，被拖進鏡子裡的感覺是什麼。

其實也沒有想像的可怕，鏡面如湖水一般冰涼清澈，我閉著眼往前走，就像跳進泳池一般，水從我身旁排開。

有那麼一瞬間，我覺得我真的像沉進了水裡，失去了空氣！

但只有短短的剎那，氧氣再度佈滿空中，我的肺順利的繼續運作……只是我很訝異，這裡的妖物也需要呼吸？

我的手覆著一雙冰冷的手，她緊握了我一下，似乎在示意我睜開雙眼。

我沒有做任何預想，因為這個世界我根本連想像都不敢！

睜開眼，就如鏡中的世界般，是熟悉的走廊、熟悉的教室，回過身還可以見到一模一樣的落地鏡。

只是左右相反而已。

再來要說比較不一樣的，應該是這個世界的顏色，所有東西都是暗綠色的，空氣、牆壁、樓梯、扶手，清一色的綠。

空氣中夾雜著混濁與腐爛的屍臭味，我卻沒有作嘔的感覺。

站在我眼前的「我」終於露出點喜色，她淡淡的笑著，看起來比我文靜很多。

「我叫怡情。」她竟然開口自我介紹。

「妳一直叫我進來做什麼？」再怎麼溫柔，她還是妖鬼，我急著想掙開手。

我退到一邊，渾身充滿警戒似的瞪著她，附近有幾個藍色的肉塊走過，我嚇得往牆邊貼近。

「沒關係，它們目前還看不見妳。」叫怡情的妖鬼這麼說著，「不過為保安全，我還是希望妳跟著我。」

「我進來……是想問妳要幹嘛的！」我聽不懂她所謂的看不見是什麼意思，我好端端的站在這裡，而且長得這麼正常，那些詭異的東西怎麼會看不見我？

我不安的回首，從這裡看過去，鏡子不會映出我們的倒影，而是像層透明玻璃一樣，看見我原本的世界。

我腰上的金線一直跟著我延伸。

我很訝異爸爸為什麼會有這種東西！我知道爸爸對傳說滿有興趣的，可我不知道他也在收集古物？

「那是別人給他的，是為了妳準備的！」怡情彷彿聽見我心裡的聲音似的，「那曾是祭祀神明用的聖繩……我知道妳覺得這個名詞很好笑！」

「妳不要隨便讀我的心！」我怒了，這感覺不大舒服！

「這是妳最大的護身符！雖然延伸的效果不能永久持續，但是這點時間夠用了！」怡情溫柔的笑著，看著自己對自己笑，我覺得有點毛骨悚然。「我很想讓妳戴著它進來，但是這樣連我都會被淨化的……」

淨化？噯呀，那為什麼不讓我帶進來？把這些東西解決掉，我們不就自由了？

「我們淨化後，只是換成另一批妖物罷了！等著交換的妖物世界很多，這裡只是冰山一隅。」她認真的告訴我嚴重性，「這樣不但不能解決事情，還會更嚴重！」

她重新伸出手，邀請我搭上，也表明了想帶我參觀一下這個鏡中世界。

我從小到大還沒出過國，根本沒參觀過什麼古蹟，第一次參觀就有專人導遊，而且還參觀這種地方，實在讓我哭笑不得！

可是對於我的倒影，這個叫怡情的女生，我完全感受不到任何齜牙咧嘴的可怖，其實如果我會害怕，我就不會進來了吧？

從不同的角度看事情，我必須暫時相信她不會傷害我。

怡情帶著我進入走廊，首先第一個經過的自然是安班。

裡面的學生非常經典，有人樣、有鬼貌，還有一些根本不成形的東西，一群妖鬼在那邊粗嘎亂叫。

然後她迅速的領著我通過樂班，直到抵達我的班級。

教室裡有許多異樣的事物，有人跳在桌上、有人正啃著自己的手，也有人在相互廝殺……而這些人，多半都是已經失蹤的同學！

我看到小橘，她歪歪扭扭的在走路……耳裡聽見的是清一色的粗嘎，我的淚滑落下來。

阿寶呢？阿寶呢？我怎麼還沒看見阿寶？

「阿寶才剛被抓進來，還沒報到。」怡情再度看穿了我的心，「我很抱歉，我無法不讀到妳的心。」

我看了她一眼，既然如此，多說無益。

我們繼續往前走，穿過走廊底的門，在那兒遇上迎面而來的導師！它停下腳步跟怡情說話，它的眼睛跟鼻子錯置，眼球還骨碌骨碌的轉個不停。

然後它咧開嘴說了些亂七八糟的語言，得意的、勝利似的狂笑著，往教室走去。

「它……說什麼？」我不喜歡導師給我的感覺。

「它催促我快點把妳拉進來。」怡情聳了聳肩，「大家都希望趕緊交換好，趕緊出去！不過妳放心，我不會對妳怎麼樣的！」

我發現從我進來之後，怡情的神情越來越輕鬆，我甚至還看到了她眉宇之間露出了喜色，笑容掛在嘴角。

這叫做不會對我怎麼樣？看她都高興成那樣了！

我們來到平台連結的另一棟樓，也就是我們最常流連的地方，平台的左端就是廁所，傑仔死亡的地方。

怡情挑了張椅子坐下來，她隔壁就是我平常最習慣坐的位子。

我挨著她坐下，平台上有很多東西在爬行，多數是人樣，只是變了形或是增加了某些「肢體」；有一個只有上半身的東西吃力的爬著樓梯，它裸著上身，看得出來是女性，兩隻手撐著梯面，一階一階爬上來。

只是它的手沒有皮膚或肌肉，完全被蛆覆蓋著，而它裸著的上半身則佈滿黏液，一滴一滴的滴在樓梯面上。

至於臉，那更是慘不忍睹，眼睛佔滿了整張臉，有三個瞳孔，嘴巴開在頸子上，不停的喘出濃厚的臭味。

怡情示意我安靜，我應該立刻吐出來的，但是怡情一碰到我，那種不舒服的反胃感就會消失。

一直到怪物爬離開，她才幽幽一笑。

「那個才是妳的導師。」

咦？我瞠目結舌的看著她，她再度點頭給我肯定的答案！

「你們簽的是交換世界的契約，代表願意跟這裡的妖魔鬼怪交換世界！你們願意變成妖物待在這裡，而妖鬼們幻化成人形，到人類的世界去生存！」她頓了一頓，「像妳剛才見到那個近乎人形的導師才是妖魔，而那個只有上半身的才是導師本尊。身體是妖魔，但是靈魂還是人類；它雖然看不見妳，但妳一出聲它就聽得見！」

我真不敢相信，安班那兩個同學究竟幹了什麼蠢事！

為什麼要玩那種遊戲？為什麼哪一天不挑，偏偏挑逢魔時刻？為什麼吃飽沒事幹的數著鏡中的自己？還那麼有耐心的數到第三十三個自己？

搞得這些妖物可以代替我們在人類的世界生存，然後自己的靈魂必須永遠被禁錮在這個世界中……直到……

下一次有人開啟通路時？

「該不會……這些東西有的本來是人類吧？」我愕然的轉過頭看向怡情，「它們有沒有可能是當初被拖進來的人類靈魂，然後現在急著找替身？」

怡情點了點頭，還掛著讚許的微笑。

我不懂這有什麼好讚許的，我直覺得頭皮發麻，全身起雞皮疙瘩！

「有很久很久以前的，也有最近的……我記得是在南部的一所國中……喔，就是妳打去問的那一所！」

「咦？妳是說那所國中失蹤的同學也在這裡？」

「嗯！當初那邊的情況也是單行道的通路，很多國中生被拖進來，但是我們這邊準備好卻出不去……只是當時不到一天，契約就被很厲害的人解除了！」怡情好像在回憶昨天的事情般熟悉，「有的鬼或妖物很呆，歷經過一次錯誤，現在還犯第二次……」

嗯？我聽不懂怡情的喃喃自語，她像是感嘆著什麼，又像是愉悅著什麼。

「在這裡久了，就會被妖魔同化，大家都希望可以回到自己的世界……日子久了，都一樣……就像替死鬼找替身。」

掙脫的道理相同，只是難度高了點；但難度再高，還是有人犯了禁忌。

「妳為什麼知道我打去那所國中問過？」這才是我在意的地方。

怡情看著我，眼底裡竟然載滿溫柔，還帶著靦腆的笑容。

「我怎麼可能不看著妳！」她眼睛瞇了起來，欣喜非常。

好了……我沒興趣跟鏡子裡的自己談戀愛，更別說是跟一個長得一模一樣的我談戀愛！而且還是個女的！

「呵呵……」怡情笑了起來，她又在讀我的心了！

也罷，至少讓她明瞭我不會出櫃，請她不要有非分之想！

我們的面前再度爬上來一個人，它真的是人，因為它的手腳錯置，頭頂在背上，嘴裡含著自己的眼珠子，吃力的往前爬行……在我眼裡它已經不是人類，是一種噁心的、變了形的怪物。

它掠過了我們，爬到窗台邊，吃力的攀上欄杆緣，遠遠的眺望著禮堂的方向。

隱約之中，我瞧見它的淚珠滑了下來。

我乖乖噤聲，等待怪物離去。

「她是阿寶。」怡情說出了驚人之語！

阿……阿寶？我倏地站起身，看著遠去的身影，剛剛那個東西是阿寶？

「不能過去！」怡情拉住了欲衝上前的我，「妳不能洩露在這裡的氣息！」

「那不是阿寶！不是……不可能……」

「妳進來是為了大家吧？也為了阿寶吧？既然如此，妳就不可以讓任何人知道妳在這個世界中！」怡情突然變得激動起來，「放心好了，只要妳願意，妳可以幫助阿寶它們的！妳可以帶走它們的靈魂，不讓它們受苦！」

靈魂？言下之意，就是阿寶已經死了！導師跟所有同學都已經徹徹底底的死了！再也挽回不了了！

就算我們破解這一切……失去的人都再也不會回來了？

我忍不住哽咽，握緊雙拳，怡情說得沒錯，我有一部分是為了所有人進來的，這所有人也包括被拖進來的同學！包括阿寶啊！

即使它成了妖物，它還是在看著禮堂、還是在擔心著我們！

「妳可以救它們離開這裡，至少不要讓它們的靈魂被禁錮在這裡！」怡情輕柔的拍著我的背，「這就是救贖了！」

「像……超渡那樣嗎？」我淚流滿面，看著怡情。

她點了點頭，笑容像媽媽一樣。

突然間有一堆東西過來，怡情神情嚴肅的要我絕對噤聲，然後一個人走上前去；那群東西裡有很多我認識的人，它們一起說著尖銳吵雜的語言，怡情甚至還被揮打了一巴掌。

沒有幾分鐘，那群人匆匆忙忙的離去，怡情確定四下無人後才走回來。

「怎麼了？它們為什麼要打妳！」我真是瘋了，竟然擔心起一個怪物！

「它們發現有東西跑進來了，只是找不到而焦急！至於我的話……我在這裡是個異數，所以被欺負是理所當然的！」

異數？是啊，這裡不只是怡情奇怪，很多景物雖然跟真實世界左右相反，但是安靜得嚇人……安靜得……

這裡……為什麼沒有尖叫聲！

「那是這裡的妖魔在說話、在生氣……人類聽不懂這裡的語言，傳進你們耳裡，只會變成加深恐懼的尖叫。」

「我不懂這裡的語言？」我皺起了眉，「可是妳說的話我都……」

「因為，我是人類。」怡情說得自然，彷彿在說因為她是人類，所以才會備受欺負。

我有點嚇到了！我以為在這裡的妖魔怪物都曾是人類，但是我的倒影卻保持完整的人類姿態，一點都不像是變了形的鬼物！

她為什麼會在這裡？為什麼被拖進來，卻不會被灌在某個噁心的身軀裡頭？

我知道她聽得見我心裡的疑問，但她只是回以微笑，不做回答。

「好了，我們該處理正事了！你們有人開啟了三十三道門，簽下了交換的契約！」

「不過很遺憾，通路是單行道——只有我們能進來，你們出不去！」我挑了眉，雖然這沒什麼好得意的。

怡情凝視我，相當凝重的點著頭。

「通路出了問題，來不及完全打開！」她看向遠方，「鑰匙如同數年前般遺失了，所以我們這一向的通路是閉鎖著的！」

鑰……鑰匙？進入鏡子還要有鑰匙？它們不是每次都用力一拖，迅速又乾淨俐落？

「妳得找到鑰匙，鑰匙就是關鍵。」怡情站了起身，順勢拉起了我，「快點，妳沒時間了，得快點把鑰匙找到！」

我被她突然的正經態度弄得緊張，有些手足無措。

「妳……為什麼要幫助我？」這是我對怡情最大的疑問，「我不懂，妳只要拉進我，就可以獲得自由……」

怡情聞言，溫柔至極的看著我，然後劃出一朵如初春的笑靨。

「我怎麼可能會對妳這樣呢？如果是這樣，那當初的犧牲就一點意義都沒有了！」她心疼般的撫上我的臉頰，「能夠有機會這樣說話、這樣觸碰到妳，我已經覺得再幸福不過了！」

我瞪大了眼睛，淚水一滴一滴的滾落。

我不知道這股悲傷是什麼，可是我瞭解到怡情對我並不是什麼愛戀！此時此刻，她碰觸我的瞬間，我憶起我們曾經如此接近……接近到我可以聽見她的心跳聲！

我全身上下都回憶起我們曾經非常非常的靠近！

「我的命……是妳給的？」我想起男孩的話。

「……」怡情沒有回答這個問題，「這個劫難只要過了，就是還清了債，以後妳就會順順利利了！」

「妳是誰？」我激動的站了起來，質問她。

「我不是重點，重點是鑰匙。」怡情淡淡的避開我的問題，「妳必須找到鑰匙，然後把一切結束！」

「鑰匙是什麼？」我皺著眉，心裡想的全是怡情究竟是誰這個問題！

她搖搖頭，在唇上比了個拉起拉鏈的動作，意圖告訴我，她不能夠直接告訴我鑰匙的所在。

「怡情！」冷不防的，另一棟樓走出一個人，怡情本來非常緊張，但一見到對方，即刻放鬆下來。

對方意外地是完整的人類模樣，而且長得還算斯文帥氣，有幾分神似眼鏡學長！

「彰佑！」怡情大大的鬆了一口氣，喊著男孩的名字。

「大家都在尋找闖入的人類！連我都嗅到她的氣息了！」叫彰佑的男人看著我，雖然他應該看不見我，但是我卻覺得被盯上了！「我們感應比較快，但再沒多久其他傢伙就找得到她了！」

「我已經交代完了！」怡情堅定看著彰佑，兩個人的面容都十分嚴肅。

「那好，賀宜庭，妳趕快找到鑰匙，快點滾！我不希望因為幫助妳害得我們倒楣！」彰佑指著我，一點也不客氣，「妳只剩下二十分鐘，快點行動！我得帶怡情走了！」

不得不說彰佑非常的不禮貌，看不見我的他卻掛著生氣的面容，緊緊握著怡情的手，然後指著我的鼻子說教。

如果他們是人類，那我可以說怡情跟彰佑或許是對情人，而叫彰佑的男孩對我非常有意見。

「我們先走了，妳有東西保護，我們可沒有！」餘音未落，彰佑拉了怡情就要走。

「等等……」怡情倉皇的回首，「宜庭，找到鑰匙就能解除契約……」

「鑰匙？至少告訴我鑰匙長怎樣吧！」我丈二金剛摸不著頭腦，聽著兩個鬼魅在說鬼話。

「妳不會用腦袋想嗎？有鑰匙才能開門，當初一定存在所有條件，契約才會成立的！」彰佑緊摟著怡情，不悅的回頭再白我一眼。

怡情的視線熱切，像是捨不得般，一再的回首看我，然後在轉瞬間——他們消失了！

我站在原地，不得不說我非常錯愕，我應她的邀請來到這裡，現在竟然只剩下我獨身一人站在這兒？

什麼跟什麼啊？為什麼把客人一個人扔在這裡？而且他們兩個在說什麼我一個字也聽不懂！

不過我也不敢停頓，在沒選擇的情況下，只好相信怡情跟彰佑的話，而且他們給了我一盞跟燈塔一樣亮的明燈——只要找回鑰匙，我們就可以回到正常生活了！

真是爛透的生活，我想不會有任何一個高二生跟我一樣為這種事情在奔波忙碌！

我看了看錶，確認了倒數的時間，依照他們的時限，下課鐘一打我就得逃離這裡……如果有人願意告訴我怎麼離開那就更好了！

我加快腳步，腦袋卻一片空白，準備轉進走廊時，差點撞上一個全身長滿膿包的橘色怪物！

「我好像聞到了……人類的味道……」它跟籃球一樣大的鼻孔嗅了嗅，「就在這附近……」

我閉住氣息，回身往另一頭的樓梯跑了下去。

感激這裡是學校的倒影，沒有我不熟悉的東西，至少我不至於迷路，誤了時間！

在我的周遭繼續聚集重重的妖物，什麼類型都有，每個人都跟惡虎撲羊似的拚命嗅著，方向幾乎準確的朝著我而來。

我瞧著既猙獰又恐怖的它們，想起了腰際間無形的金線，在時限到之前，爸給我的那條窗簾繩還是有用的！

鑰匙！我得找到鑰匙！

其實我腦海裡存在著一堆不該想的問號，例如那位怡情究竟是誰？身為人類的魔物，竟然不打算跟我交換，還特地來幫助我……彰佑也很奇怪，這兩個人為什麼會維持人形？

『宜庭！宜庭！這邊！』

阿寶的聲音突然響起，在我右手邊。

我幾乎不假思索，順著它的聲音衝過去，跑到了G樓的某一間辦公室裡，緊緊鎖上了門！

我一關門，就差點被嚇得魂飛魄散！

因為，阿寶就在裡面……它趴在地上，踏著自己或是別人的血水移動著……除了它之外，還擠滿了一堆讓我反胃的怪物！

一堆蛆爬來竄去，我還差點因為蛆溜上我的腳而尖叫出來！

『宜庭……快點拿鑰匙啊……要快一點！』這次是小橘的聲音，我不想看它的方向。

『帶我們走……要帶我們走喔……』

『求求妳！帶我們離開！帶我們離開啊！』聲音重疊起來，是許多人在呼救著。

我強忍住噁心與害怕，看著一屋子的妖魔，這些魔物的體內全是我的同學們，它們沒有敵意，也不會傷害我，但是我還是渾身不舒服！

我禁不住又哭了起來，這個恐怖的世界竟然充滿了我的同學、我的摯友，它們在這裡受苦受罪，成為妖物一般永世不得超生！

而且……我的倒影、我的分身又給我一種無以言喻的親切感，彷彿是血濃於水的親人一樣，有種斬不斷的關係存在。

我的命一定是她給的，而十七歲的劫難跟她也脫不了干係！

這個令人不想待的世界，卻有著這麼多讓我激動的因素存在著！

『帶我們走……帶我們離開……我好想回去……嗚嗚嗚……』

『都是我不好……是我不應該……不要唱就好了……』

『不要數到三十三就好了……』

喝！我猛然一怔，聽見了安班同學的歉疚聲！

順著聲音看去，是兩個連體魔怪，還是對飄在空中的兩個眼球。

「妳們做了什麼事？那時穿著什麼？戴著什麼？」我朝空中高喊，「鑰匙存在於現場，就存在於現場！」

突然間，一點回應也無，我感覺到它們的驚慌，而這詭異的安靜讓我感到害怕！

我移動身子，往窗邊靠去，隱約感受到走廊上……門的另一端，有什麼東西在蠢蠢欲動……

轟然一聲，門被撞了開，衝進了一堆飢渴的妖物！

「找到了！」

我身後的窗戶突地被拉開，竄出那天在鏡子裡的浮水屍！

「哇呀呀——」我嚇得撞上桌子，跌落在地，看著浮水屍爬過窗戶，朝我逼近。

『是妳啊……我喜歡妳……我一開始就想要妳這個身體……』它說著，一口水草一口蛆的，腥臭的掉在我身上。

我倉皇失措的往後移動身子，手貼著地板，金線的威力是否越來越弱，它們才敢這麼囂張？

我的手探進辦公桌底下，摸到了一個球狀物體。

正確來說，是有頭髮的……一顆頭。

我再度無止歇的慘叫，那是校長的頭！圓滾滾的擱在地板，睜著眼睛瞪我！

『丟我！』它突然開口，『快點丟我！』

校、校長？我怔忡著，但是情況緊急，連對不起都來不及說，我就拿起校長的頭，往浮水屍臉上扔去！

校長咬住了浮水屍的臉，我趁機推倒它，往窗戶逃去。

聽說在危急時分，人會迅速分泌腎上腺素，這我完全不否認，平常要我跳下二樓我死都不願意，今天卻俐落得很。

噹——鐘聲在我落地時沉重的響起。

該死！我咒罵了一聲，抬起手腕看向錶，看著無論在哪兒都不會留情的時間……

我，只剩下五分鐘！

第七章．既定的命運

一個月前，要我出生入死、要我為任何人分擔責任，我都會拒絕。

一個月後，我竟然遇上了妖、遇上了鬼，而且還在妖物的世界裡奔跑，身後跟著一堆想把我吃下肚的鬼物！

不得不說，人生，真是奇妙啊！

我跳下樓時微微扭傷了腳，但還是不能阻止我保命的奔跑，我說服自己必須冷靜、沉著，因為我得快點拿到鑰匙——問題是什麼鑰匙啊！

安班的兩個女生在鏡子前數著自己，其中一個站在鏡子中間……數到第三十三個，通路打開，交換的契約成立，她們就被拖進鏡子裡了！

可是通路只開了單向、因為鑰匙遺落了，來不及完全解除禁忌……

遺落了，什麼東西遺落在我們的世界？我努力回想，剩下的有……

頭髮？鞋印？書包……髮夾……還是……

我陡然止住步伐，彷彿任督二脈被打通般的暢快，迅速回身往來的方向跑回去！

是鏡子！

是那個碎了的、只剩鏡底的古銅鏡子！

爸爸的鏡子傳說中有一句話：『千萬不能在@#*&^鏡子中，數自己在鏡裡的倒影，因為一旦數到三十三個，就會有災厄出現！』

書上指的不是二樓樓梯間那面落地鏡，那片落地鏡一點都沒什麼！

書裡指的是安班女生帶到學校，那面古銅雕花的鏡子！

那面鏡子一定是在她們被拖進去時掉了，碎成一地，沒有一起被帶回鏡裡的世界，所以通路只開了單向！

我記得那面鏡子原本在警局那邊，但是前幾天警方送來還給失蹤同學的家屬，家長死都不收，就擱在她們班導師辦公室的櫃子裡！

我不知道妖魔們現在看不看得見我，但它們開始朝我蜂擁而上，雖然窗簾繩的功效所剩不多，它們已能近身，卻無法碰觸到我，我只要強忍住噁心，死命的往前跑就是了。

這種時候，誰管它們噁不噁心？

我要趕快出去，拿到遺落的鏡子，只要先拿到鑰匙，我就有主控權！

我衝上二樓，眼看著落地鏡就在眼前……一個利爪斬的劃開我的肌膚，給了我莫大的警訊！

時間到了！我看著鮮血流出，它們已經可以碰觸我了！

我沒命的跑到鏡子前面，雙腳卻被像腸子的東西給拖了住、掙也掙不開！

不行！我還有很多事情要做！我必須帶著大家的靈魂回到我們的世界，我還要解除契約、破除詛咒……

我還要認真念書，我還有美好的人生要過，我要連同阿寶的份一起努力，考上公立大學——

我用犧牲的心態戰勝了恐懼，但是我不要真正的犧牲！

我明明都已經知道鑰匙了啊——

『宜庭！不要放棄！』腦海裡傳來跟我一模一樣的聲音，是怡情！

咻——

一股拉力把我往前扯去，接下來是一陣風掠過耳際，水波再度擦過身體，空氣頓時變得清新非常，我的雙膝撞上了冰冷的地板。

我巍巍顫顫的睜開眼，見著的是夕照，還有屬於我的世界與空間。

我……回來了？

我離鏡子有好一段距離，幾乎是貼著鏡子對面的那道白牆，我可以清楚的瞧見鏡子裡的妖物驚恐的在那一頭哀嚎，刺耳的尖叫聲依舊迴盪在校園裡每一吋空氣中，這是我熟悉的校園！

我第一次瞭解什麼叫做喜極而泣，我竟然脫身了！

是怡情嗎？還是那個男孩？我怎麼能夠如此幸運的逆向穿過這個該是單行道的鏡子？

「學姐？」樓下突兀的傳來不該有的聲音，「妳在這裡做什麼？」

一個一年級的學妹站在樓梯下，疑惑的看著我。

我愕然的看著她……為什麼會有人在這裡？不是禁止任何人出來嗎？

「我……我才要問妳在這裡做什麼！」我力求鎮靜，勉強的站了起身，「不是嚴格禁止離開禮堂的嗎？」

「我很無聊嘛！所以我回教室拿書！」學妹走了上來，而她手中竟然握著我原本綁在扶手上的窗簾繩。

「繩子……」我看向扶手，果然被她拿走了！

「對了，這條繩子是學姐的吧？我看到這條繩子，想說是不是學姐忘記的，所以把它拆下來帶回去給妳！」學妹一派天真，向著我遞上繩子，「可是我剛剛沒看到學姐在這兒，妳也跑回教室拿東西嗎？」

我啞然！

難道剛剛千鈞一髮之際，是因為學妹拆下了繩子，瞬間把我拉離了那邊？

問題是這力道也太大了吧？我剛剛被拖離鏡子至少有二十公尺遠，現在被拉出來又距離鏡子兩公尺，怎麼加都有二十幾公尺，這個學妹只是拿走繩子就能救我於險境？

我突然認出，她是那天在禮堂裡、在恐懼氣氛中還睡得香甜的樂班學妹！

「妳……該不會是跑去休息室睡覺的學妹吧？」

「咦……對不起嘛！」學妹囁嚅的咬了咬唇，「在禮堂睡很不舒服嘛……」

熱淚滑下我的臉龐，我知道冥冥之中有很多事情在運行，而且有很多助力在幫助我逃過劫難……

我激動的擁抱學妹，她恐怕一輩子都不知道她的「順手」究竟帶給大家多少自由與解脫！

「學姐？」

「我們回去吧！」我手中緊握著拳，心中正澎湃洶湧。

是該解決一切的時候了！

走到一樓時，我要學妹到操場中央等我，無論如何都不許輕舉妄動，而我要去一樓的導師辦公室，拿那面鏡子。

不過我面臨一個麻煩，那就是老師的櫃子是關著的，而櫃子上的玻璃光可鑑人，是兩扇不折不扣的大鏡子。

這個辦公室是我的清掃工作區，我以後會考慮不要把鏡子擦得那麼乾淨，簡直是給自己找麻煩！

我遠遠的看著櫃子，戰戰兢兢，雖然我可能不必太在意，因為我不認為怡情會撈我進去。

我遲疑的貼在櫃子側面，蹲下身子，然後抬起頭、舉高左手，反手意圖推開櫃門。

喀！兩雙血肉模糊的手冷不防的竄出，緊緊地抓住我的左手腕！

天哪！我死命抵住櫃子，怎麼可能會有這種事？我明明應該是怡情的正身，這些路鬼甲乙丙丁出來湊什麼熱鬧啊！

我一個人根本沒辦法抵擋這種拖曳的力量，我隱約知道怡情已經不能保護我了，這些鬼怪是為了要懲罰我的闖入吧……我不能進去，一旦進去了，我不敢想像自己的下場！

我的腰間就綁著那條窗簾繩，可我不能拿那條繩子去阻止，我還想要我的左手臂啊！

怎麼辦！蕃茄、學長……還是怡情，誰都好，快點來救我啊！

我的手被扯得好痛，甚至快要被拉起來了，要是站起來，能被拖進去的範圍就大得多了！

「學妹！學妹！」我扯開了嗓子，試圖叫那個特別的學妹。

結果我眼前這些噁心的東西嘶吼得更大聲，擺明了就是要蓋過我的求救聲！

「阿寶！阿寶……」我驚恐的哭了起來，我知道我逃不過了，我不想就這樣死了！我不要！

我要活下去，我的命如果是怡情給的，那我還不知道她究竟是誰！

我在一秒鐘內決定捨棄我的左手，我用右手拆下繩子，失去一條左手，總比失去一條命好！

電光石火間，另一隻手伸出玻璃窗，一把將我拉站了起來，我完全來不及反應，就看著裡頭一堆手迅速把我往玻璃窗裡拉——

而把我拉起的那隻手，竟然探向我的右手，接過了窗簾繩！

喝！我看著那隻手彷彿被燒熔一下冒出黑煙，然後我不安的直視倒映著我的一切……看見慌張的一堆怪物，還有我的倒影——怡情。

我感受到拉扯的力道變輕了，然後看著怡情的手一揮，把窗簾繩繞上我的左臂，那幾乎要隱沒入鏡子裡的部分。

「怡情！拜託妳了！我要活下去！」我必須活下去啊！

下一刻，我踉蹌的撞上身後的辦公桌緣，而櫃子上已平靜無波。

不敢猶豫，我立刻推開櫃子門，把擱在裡頭的小鏡子拿出來，頭也不回的衝出辦公室！

怡情……怡情不會怎麼樣吧？她這是公然的幫助我，該不會被那些沒有理智的怪物撕裂吧？因為繩子不是打上通路，而是綑上我被拖進的左手臂，所以我才能保有這隻手……

我邊跑邊哭，一邊擔心怡情的情況，然後還難以抑制恐懼的顫抖。

學妹站在那裡等我，一臉疑惑的看著我。

我不想多解釋什麼，我現在只想快點回去禮堂、快點見到蕃茄、快點見到大家！

「好漂亮的鏡子喔！」她低首，看著我拿到的鏡子。

手中的東西怎麼看都是面古鏡，它有著橢圓的鏡身，還有一支長手柄，我拿起來看著，這鏡子是很復古的古銅色，上頭綴滿工藝精細的雕刻，是把相當小巧但精緻的鏡子。

大小差不多比手掌還要大些，約莫Ａ４紙的一半，即使失去了鏡面，但這把古鏡底下卻打磨得平滑，一樣可以充當鏡子，只是稍嫌模糊罷了！

回到禮堂，我再三交代一年級的樂班班長把學妹看好，不要再讓她到處亂跑，然後隻身走上舞台。

蕃茄見到我欣喜若狂，兩行淚第一次落下，緊緊的撲上來擁抱住我！我被她一抱，竟也激動得無法自己。

因為我差一點點……就回不來了啊！

「天哪……妳回來了！妳終於回來了！」蕃茄又叫又跳。「我以為妳回不來了！」

我笑著搖頭，我知道他們會擔心，也為我做了最壞的打算，沒料想我竟然活生生的回來了。

我跟蕃茄和眼鏡學長說明我剛剛的遭遇，也提到我真的進去鏡子裡，還遇上了我的倒影，也是她告訴我為什麼通路只開單向，以及鑰匙的事情。

他們聽了是瞠目結舌，直問我鏡子裡的世界與穿過鏡子時的感受。

我一點都不自豪，那是個我完全不想再回憶的世界與經歷。

只有上半身的導師、肢體錯置的阿寶，還有許多變了形的同學們，深綠色的世界，時間與空氣都停止的地方。

我拿起古銅鏡，所謂的「鑰匙」。

「因為拿古銅鏡的同學先看到自己同學被拖進去，嚇到鏡子掉了吧？所以樓下的老師才會聽見鏡子碎裂聲。」我拿起來反覆看著，「所以這面古銅鏡沒被拖進去，通路只有單向。」

眼鏡學長接過那面古銅鏡，上頭模糊的映著他的臉龐。

「很詭異的鏡子，它讓我很不舒服！」他皺著眉，把鏡子扔給我。

這是問題關鍵的古銅鏡，沒有它，就不會觸犯禁忌，也不會造成契約的成立。

我撫摸著光滑的古銅鏡面，雕花凹凸的觸及我的指尖。

鏡面的邊緣並不平整，我拿近仔細瞧著，不注意的話，會把那些奇怪的凹凸當作精緻的雕花。

我們瞧不出那是哪種文字，那些字長得歪七扭八，幾乎完全無法辨識；接著我還把古銅鏡翻轉到背面，在滿滿的雕刻中，我總覺得有一絲怪異。

最後我們拿了白紙跟鉛筆，進行最傳統的拓印。

在鏡面的部分，我們拓出了一整圈的橢圓，拓出來的東西除了有點奇怪的雕花外，就是鏡子最上面的一行文字，正中間還有個字單獨刻在那兒！幾經確認，不是英文也不是日韓文，那是個很像中文卻又讀不出的文字。

篆體？楷體？還是草書？我們摸不著邊。

我們暫時停下辨識的工作，繼續拓印鏡子的背面，其實大家都覺得不必要，但我覺得這面鏡子處處是玄機，反正現在關在這裡時間多的是，不差多拓一張紙。

隨著鉛筆的斜痕一筆一筆的增加範圍，我原本以為佈滿鏡子背後的花葉會栩栩如生的顯現出來，結果刻出來的東西卻讓我覺得那更像是一種……符號！

鏡子背面的正中間也有個特別凸出的字體，最下緣也有一行怪異的文字。

鏡面是最上方一行文加上中間的字，鏡子背面則是隱藏在雕花下的一行文加上中間也有的一個字……

我來來回回看了幾次拓印，幾乎快要確定裝飾在鏡子邊的不是花，而是某種我熟悉的符號！

最後蕃茄乾脆找全校書法第一名的同學來看，他蹙著眉反覆推敲之後，只能確定鏡面上方那行字是大篆，而其他的字他認不得，只說像還沒有定型的中文字。

他覺得那種歪歪斜斜的字，很像商代甲骨文。

「甲……甲骨文？」我整個腦袋完全空白了。

「嗯，三月不是在故宮才有殷商文物展嗎？我覺得這字就很像！」書法第一名肯定的說，「就是這種感覺、這種楔刻文字！」

這還真是一個大消息啊，現在有誰看得懂甲骨文啦！

「如果真的是甲骨文……那就炫了！那不是殷商文字嗎？」我十分不耐煩的嘆了口氣。

「到底是去哪裡買這種東西？故宮？還是古董店？」

「聽說是安班同學的姐姐的！我記得她姐姐哭著說，她才買沒兩天，就被她妹妹偷偷帶走。」蕃茄對第一批失蹤同學的報導倒背如流。

「我以後會考慮不要亂買鏡子！」這麼巧，什麼不買、就買這種超詭異的鏡子。

「那這些篆體文是什麼意思？我也只能猜出幾個字！」眼鏡學長將紙張遞給書法高手，請他寫下來。

「不管怎樣，我總覺得不是刻什麼好東西！」蕃茄喃喃唸著。

書法代表的臉色不是很好看，他說鏡面的文字比甲骨文晚，還認得出是篆體文，但是其他的文字他真的無能為力，勉勉強強也只能猜一下鏡面正中間那個字像現在的哪個字。

「宮，順啟則契！徵，逆闔則閉！」

我接過那張紙條，狐疑的看著鏡面刻著的關鍵字，我承認我的眼裡只看得到「閉」這個字，因為那似乎代表著門可以關閉的意思。

還有鏡面正中間那個字，跟這個是篆體的逆……還真是十分的相像。

鏡子中間單單刻一個逆字，有什麼意思嗎？

我們仔細研讀手中的紙張，也反覆看鏡子背面的字，這些字都是一刀刀刻在鏡子上的，雖然商代甲骨文已經是中國文字發展成熟的階段，但是他們刻成這樣，我們根本只能瞎猜！

如果這是咒語，相信我，有的東西不能瞎猜的！

字是誰刻的？以前曾經發生過什麼事嗎？

但不管如何，沒有必要扯到我們吧？

「這是柄被詛咒過的鏡子？」眼鏡學長一直都避免碰那面古鏡，「我看八九不離十，因為它散發深沉的紅褐色。」

我有同感，在我眼裡，手中的古銅鏡散發著紅褐色的煙霧，一直纏繞著它；就像是有人的怨氣久久無法消散，緊緊黏在鏡子上一樣。

「等等……是我搞混了嗎？我總覺得事情好像更複雜了？」蕃茄蹙起了眉，指著那柄鏡子，「問題不是應該在鏡子裡的世界，我們要怎麼去關閉通路、解除契約？這柄鏡子不是鑰匙嗎？」

「是沒錯，問題是我不會用這把鑰匙啊！」又不是二樓大鏡子旁邊有個鑰匙孔，我把鏡子喀啦插進去，轉個三段鎖就沒事了！

「而且起因跟這柄鏡子逃不了關係，似乎就是因為這柄鏡子，才會造成通路開啟。」我稍稍沉吟了一下，「也就是說，說不定平常情況下，拿普通鏡子玩數數兒是沒事的！」

「所以咧？就這麼剛好？妳說的逢魔時刻、兩個女生玩鏡中數自己的遊戲、然後哪面鏡子不拿，還拿到這面被詛咒的古鏡？」蕃茄一臉忿忿不平的模樣，「這太巧了吧？我們會不會太倒楣啊！」

「蕃茄，這不是巧合。」我按住她激動的雙肩，「這是命。」

是的，這是命。

我們的命運，幾百個人必須經歷的困境，不得不面對的事實。

蕃茄沉默下來，屈起雙膝，緊緊環住雙腿，或許在思考，也或許在怨懟些什麼；我繼續拿著鏡底的拓印，總覺得那些佯裝雕花的刻印符號非常熟悉。

我肯定在哪裡看過，而且我耳裡還會出現這些符號的唸法……好像還有一首旋律。

而且我也在思索唯一辨識出的那句話，如果說那句話的文字比甲骨文晚，那或許表示是有人遇到了跟我們一樣的情況，然後刻上了破解之道！

閉……閉……我的直覺告訴我，這句話一定可以告訴我怎麼把路給封起來！

旋律啊……在鏡子世界裡，我似乎聽見安班那兩位同學啜泣反省著，她們不該……不該唱歌？妳們不該的是玩數數兒的遊戲，為什麼會自責不該唱歌？

我離開舞台去倒了杯水，試著讓自己放鬆一下，我覺得腦海中有種東西呼之欲出了，但是我太急躁了，只會讓心思紊亂。

我回到簾幕後時，蕃茄問了我最不想面對的問題！

「宜庭……阿寶呢？」

我瞬間呆在那兒，無法動彈。

「她留了紙條，說要跟妳一起去……」她的聲音很低沉，「她沒跟妳一起回來。」

我跪坐下來，眼鏡學長也看著我，蕃茄的唇微微顫抖著，然後雙眼快速的眨動。

「她是為了我們……」我強忍住悲傷，把阿寶處理掉屍體的事情概略道出。

眼鏡學長低下頭，嘴裡喃喃唸著，我猜想他在用他的方式感謝阿寶，也或許在送她升天。

可是這是沒用的，因為阿寶她的靈魂被困在鏡子裡，再也出不來啊！

蕃茄沒有說話，她非常非常的堅強，只是忍著淚水，緊緊握著我的手，希望能給我力量與依靠。

外頭忽地轟隆巨響，嚇得整間禮堂失聲尖叫。

我聽著滂沱的雨聲，蕃茄不假思索的就衝了出去，嚴令關上禮堂大門與所有窗戶，誰也不許外出。

它們急了，它們希望快崩潰的大家往外奔跑，在恐懼的狂叫中踏上水窪，任它們一個一個捕獲。

我不能再拖了！雨會不會下不停，我們會不會死在這裡！

怡情，幫我！至少讓雨停吧！我禁不住在心裡求救著。

「嘩……嘩啦啦啦……」我突然憶起了一段旋律，「滴答滴答，嘩啦……嘩啦啦啦……」

「宜庭？」眼鏡學長錯愕的聲音從耳旁傳來。

我飛快的抓起鏡子，瞪大了眼睛看著綴滿鏡子內外的雕刻，指尖觸在上頭，一字一字的唱了出來——我認得這些符號！我認得！

古鏡旁的雕工裝飾非花非葉，更不是中國的龍鳳吉祥物，那些是音律符號，是一種有別於外國五線譜的音律符號！

誰跟我一起唱過？我們總是唱著奇怪的兒歌，一邊唱一邊跳，兒歌本裡都是這些特別的符號！

『唱得好好喔！宜庭，妳唱得越順，以後就越有幫助喔！』

我認得這些符號！這是音譜沒有錯，而且是正統中國古代流傳下來的，宮商角徵羽啊！

對啊！我怎麼沒有想到！如果這個真的是殷商古物，那麼那時候的青銅編鐘，就是使用宮商角徵羽的音譜啊！

打我小的時候，我就常唱這些音譜的歌，我不看五線譜跟豆芽菜，我唱的兒歌叫「老兒歌」，每天每天，都跟一個小男孩一起唱一起跳……一起玩！

而且從前幾年開始，爸爸有意無意也拿幾首使用舊宮調的曲子來跟我唱，彷彿是在幫我複習自小刻入的記憶似的！

我越來越覺得爸爸是神人了！不說那條窗簾繩的功用，他竟然會那麼剛好幫我複習古老歌謠？

我至今已經不再相信巧合了，但是很多事等我出去後再講！

這面鏡子上頭刻著一首歌調，我拿起拓印下來的紙張，開始在心裡低低的哼起曲調來！

至於「宮，順啟三三則契！徵，逆闔三三則閉！」這句話，我也瞭解了！鏡子是橢圓的，沒人知道哪裡才是曲調的起頭，但是篆文寫得很清楚，如果由宮調開始哼，再數上三十三，就訂下了契約，反之，從徵調開始，逆向關上三十三道門，道路就封閉了！

而橢圓形鏡背面上方正中間偏偏就是宮調，這簡直是低劣的陷阱！

我的中文跟歷史一向不差，這是我第一次感到認真念書，除了指考外還有別的用處！

蕃茄回來了，她憂心忡忡的擔心外頭不停的大雨，然後聽著我欣喜若狂的解釋！

「這是個……很久很久以前的人下的詛咒？」蕃茄完全無法置信，「還得哼著曲調？」

「這不一定是詛咒……妳別忘了，傳說殷商時代的人們還是很敬鬼的，祭文多半是用吟誦的方式！也就是祭歌！」我稍稍沉默了一下，我又想到一件事，「安班那兩個同學……是國樂社的對不對？」

蕃茄瞪大了眼睛，嘴巴張得圓圓的，右拳在左掌上輕輕一擊！本校國樂社算是非常有名的，國樂社老師不僅從古代曲調教起，平日的訓練更是不馬虎，國樂社的同學們可是由內到外都具備國樂專門知識與技能。

她們一定是看出來了，才跟著亂哼一通！

「沒關係，安班那兩個女生是巧合，但是現在我們知道得很清楚了。」我指頭指了指鏡面的中間，那個像是甲骨文，卻跟上頭某個篆字很像的字體。

『逆』。

這個字解決了所有事情，所有答案全數浮出檯面了！

我想，這面古銅鏡曾經就只是這樣，古銅色的鏡子沒有水銀，就只是這樣模模糊糊的映著容貌。

然後發生了某件事，讓這面鏡子承受詛咒或是具備什麼特別作用，成為開啟另一個世界的鑰匙，有人曾經想表達破解之道，但是他沒算到文字會改變！

終於在後世遇上了破解者，這個人在鏡面刻上了提示，再久遠之後，甚至有人乾脆把水銀的鏡面黏了上去，永絕後患。

即使隔著水銀的鏡子，怨咒效果依然，安班的同學在最嚴謹的條件中還是觸犯了禁忌，但感謝愚蠢的妖物嚇著了她們，讓她們把促成契約成立的古鏡留在我們這個世界。

鏡子碎了，我也才得以看到裡頭的文字。

「宜庭，妳為什麼會知道宮商角徵羽這種古時的曲調？妳又不是國樂社的！」蕃茄對我可是問題一堆。

幾個小時前的我，或許會聳肩，或許會說我也不知道。

但是現在的我，會泰然的笑開顏，然後清楚的告訴他們：

「或許我這一生，就是為了現在在準備。」

我有這種強烈的感覺，十七歲的夏天，我從小就準備要過這一天！

「雨停了！雨停了！」外頭喊出了聲音。

我們走出簾幕，站在舞台上頭，昂首看著窗外漸停的雨勢，還有天空露出了清朗。

「說不定是阿寶做的。」眼鏡學長溫柔的看著我，「小橘的血跡還沒洗掉。」

是嗎？這我願意相信，因為阿寶是個多麼多麼體貼人的好女孩啊！

第八章・祭典

找出了關鍵，我們立刻收集了大量的白紙，讓大家掌握自己的命運！

我把鏡子上面的曲調改成五線譜簡碼，再請現存的合唱團同學幫忙，好讓每一個人都會唱，或許只要有一個人唱出來就能奏效，但是我還是期望能夠動員更多人的力量。

我無法完全不怪罪那兩個安班的同學，鏡子有著許多禁忌，能避免就應避免，而今把全校都拖下水不說，還間接害死了多少位同學與師長？

但是我看著手中的古鏡，實在沒辦法再那麼苛責她們！

禁忌破除的條件有很多，除了逢魔時刻、除了數到三十三個鏡裡的自己外，她們還得吟唱出祭文的曲調，而最關鍵的必須還得擁有這面古鏡！

我反覆看著手中的鏡子，這是幾百年前的鏡子呢？這麼剛好會落在同學的手中？而且她還那麼恰巧的帶到校園來，又拿它來玩鏡裡遊戲？甚至偏偏她們懂得音調，還從橢圓形的正中間——宮調開始哼。

我一直在想，這件事就是我的劫難、也是大家的劫難，因為這不僅僅是巧合，而是命。

這個時刻、念這所高中的學生與師長們，命運是緊緊相繫的！

「我去就好了！」我再度獨斷的下了決定，「你們跟大家在一起。」

「不行！我跟妳一起去！」眼鏡學長不悅的抗議著，「多一個人多一份力量……好歹我也有敏感體質！」

我看著眼鏡學長，並不否認他的說法，他跟我一樣，或多或少比平常人來得有效力……而且在失去阿寶之後，我其實很需要有個人陪我的！

看著堅定的他，我想起了鏡子裡那個不客氣的彰佑。

「學長，你有認識任何叫……彰佑的男生嗎？」我不知道怎麼寫，但唸法應該是沒有錯誤。

「彰佑？我們班的嗎？」他狐疑的皺起眉。

「不是啦，我也不太熟……但是跟你有點像！或許是哥哥啦、或是……」

眼鏡學長在瞬間怔了住，很是詫異的看著我。

「不會吧……妳怎麼可能認識他！」他不可置信的打量了我好幾遍，「妳怎麼會知道這個名字？」

「我在鏡子裡遇見的。」我之前對這件事稍有保留。

眼鏡學長瞪大了眼睛，像是領悟到了什麼事，旋即感嘆般的搖了搖頭，然後是有點激動的緊抿著唇！

「他是我曾祖父！叫李彰佑……」邊說，眼鏡學長的淚水從眼鏡底下滑落下來，「我爺爺每次都說我長得很像他……大姑婆總是說，曾祖父一直捨不得走，一直守護著李家……」

守護著李家，也守護著他的孫子嗎？

所以他跑到妖界去，因為預知曾孫即將有劫，先跑去妖界充當妖魔，從中保護著他？

我想起怡情，那她會是我的什麼人？我認識的親戚裡，沒有一個叫做怡情的啊！難道也是久遠的祖先嗎？

「好吧，那困難的差事就交給我，我要領隊到操場去。」蕃茄用力拍擊我的背。

我看向她，這真是難得的經歷，我想自此爾後，我不會再跟蕃茄對立，我們有著很好的默契與相似的想法，事情結束後，我們或許會變成不錯的朋友。

「那邊就交給妳了！一切就快結束了！」我笑了起來，然後就跟著眼鏡學長先一步出了禮堂。

曲調我們背得滾瓜爛熟，我們只要重新站回鏡子前，關上三十三道門，解除契約，封鎖通道，一切就結束了。

只是門關了，阿寶他們怎麼辦？在那裡度過無止境的歲月，與沒交換成的妖物們並存？要持續到什麼時候？

怡情說我可以拯救他們、超渡他們，可是連經文都不會唸的我，該怎麼超渡他們？

蕃茄率眾來到籃球場與操場上，大家面對著主要的教室大樓，一人手裡拿著一張手抄單，就等我們的信號。

我跟眼鏡學長來到了鏡子前，鏡子裡映著的依舊是我們的倒影。

然後，鏡子裡的我緩緩的劃上一抹笑容，一抹肯定且支持的笑容。

「那是怡情。」我指了指鏡裡的我，跟眼鏡學長介紹著。

「……曾祖父！」眼鏡學長瞠目結舌的看著鏡子裡的他，彰佑溫和的點了點頭。

「事不宜遲，不能再等了！」我看向右方走廊窗外的夕陽，鮮紅色的血夕陽，很高興這是個標準的逢魔時刻。

眼鏡學長舉起失去鏡面卻依舊亮得發光的古鏡，而我一步站到了大鏡子與古鏡中間，深深的呼吸——

我將手裡的石頭往樓梯上頭的窗戶扔去，窗子一破，就是信號。

我跟眼鏡學長開始與全校師生一同哼著祭文的曲調，即使沒有祭文，我們依舊誠心誠意！

我聽見全校師生的聲音，如此整齊劃一、如此的齊心協力，他們口中吟唱出的祭曲聲聲震撼，一同代表著我們渴望恢復正常生活的心意。

然後我背向了大鏡子，面對著古鏡，開始認真的數起數來。

「三十三——」第三十三道門關閉。

「三十二——」第三十二道門關閉。

我不需要認真的去數著自己，因為禁忌的開啟純粹只是因為物品與語言，我只需要按部就班的唸出該具備的語言，一扇一扇的把不該開啟的門闔上。

「三、二……」最後一道門——「一！」

我一唸完，立刻離開古銅鏡與鏡子中間，再重複唱著祭曲！

我不知道要唱多久，但是我要一直唱一直唱，唱到有異樣發生為止！

鏡子果然開始扭動，像暴風襲捲的湖面一樣，波濤洶湧！耳裡聽著震撼的祭曲，我想起音波共振的實驗，那一聲聲誠摯的聲音，正震盪著這扇銀色的門！

我無法確信在我眼前的還是面鏡子，因為在我眼裡，那像是片立在牆上、卻不會滴落的水！

尖叫聲越來越遠，鏡裡的倒影也不再清楚，我無法克制的哭了起來，我想著阿寶、想著導師、想著大熊……他們一輩子都將是妖魔，一輩子都無法被淨化升天……

『我很想讓妳戴著它進來，但是這樣連我都會被淨化的……』

對啊！之前在鏡子裡時，怡情這麼說過！

我瞬間跳了起來，解下腰際間的窗簾繩！

「宜庭？」眼鏡學長對我的舉動感到狐疑，意圖拉住我。

「請幫助大家吧！如果你是聖繩的話！」我看著鏡面的波動越來越小，即將恢復成平常的鏡子。

千鈞一髮之際，我把窗簾繩朝著隆起的波紋那兒，扔了過去。

繩子果然沒入鏡子裡頭，然後是一道璀璨的光芒，在鏡子的那一頭燦燦發光！

我瞧過阿里山的日出，但這金色的光芒比日出更加美麗動人，我多想目不轉睛，可惜那強烈而炙熱的光線卻讓我不得不移開我的視線，緊閉起雙眼！

應該只有過了一下下，跪在地上的眼鏡學長跟我才緩緩睜眼。

原本令人發麻的尖叫聲停了，校園裡呈現一片絕無僅有的寧靜，窗外呈現的不再是逢魔時刻的夕陽，而是驕陽正炙的日正當中。

然後，警車聲劃破了寧靜！

我跟眼鏡學長心急如焚的衝出大樓，瞧見了門口駛入的警車，還有從車子裡走出的警察們——我們得救了！

我無法自制的流下淚水，正中午的太陽毒辣的照耀著我，我跟眼鏡學長卻激動的相互擁抱，感激上蒼給我們重生的機會！

原本我們擔心來不及串供，或是不知道該怎麼跟警方解釋一切，但是後來發現這些考量都是多餘的。

我不清楚是聖繩的關係，抑或是妖魔的關係，總之在被妖魔封閉的那三天，沒有任何人有記憶！

而且那根本不是三天，充其量只有三個小時。

同學與僅存的兩位師長在操場中甦醒，大家忘記過去七十二小時的驚恐，也忘記曾看過傑仔或是小橘的死亡，所有人只記得之前失蹤的同學們，然後早晨來到學校、不敢進入教室，群聚在操場與籃球場的情景。

在被妖物封閉時刻中死亡的傑仔、大熊等人，就像憑空消失似的，所有人不解他們無緣無故的失蹤，也不解這三個小時的虛度。

就連曾經生死與共的蕃茄也毫無印象！

而兩位師長只記得明明在開會，為什麼會跑到操場？

至於書包為什麼會擱在禮堂，既然沒人記得，那我跟眼鏡學長也不會記得。

全校似乎只剩我跟眼鏡學長對這段經歷存有記憶，我想我們一輩子都不會忘記，只是現在我們要跟普通人一樣，這種時候突兀只會為自己帶來麻煩。

我很感激阿寶為我做的一切，她把所有的屍體帶走，把唯一的證據湮滅了，為我或是全校同學鋪好了完美的後路。

只是這竟用了她的人生做犧牲，我想起來就只有濃濃的悲傷。

「真的啦，我們不是在禮堂集會嗎？後來學姐叫大家到操場去唸奇怪的語言啊！」學校提早停課，放學路上我聽見那位樂班學妹的聲音，「為什麼大家都不記得？」

「學妹！」我叫住了她，她實在是個異數！

「啊！學姐！」學妹跑了過來，先低頭看了一下我的腰際，「咦咦？妳的腰帶呢？」

「送人了！」她果然也記得一切，「學妹，妳記得我們集會多久？」

「就早上啊！一整個早上！」

哇……我在心底暗暗佩服，這位樂班學妹真是太厲害了，連我跟眼鏡學長都認為被封住三天，她竟然從頭到尾都在真實的時間中度過，還清楚的知道只過了三個小時……

我開始覺得，說不定這位學妹才是一等一的強者！

「好了，妳別再談集會的事了，大家都不記得的話，就不要再提！」我微微一笑，但不打算說清楚。

「好吧！反正我也沒差！」學妹自然的聳了個肩。

「陳小美！妳快點啦！」遠遠的，她的同學高聲喊她。

陳小美跟我說了再見，回身往同學那兒跑去，看著她往前奔跑的身影，我由衷的感激她在這個事件中為我、為大家做的一切。

她掠過一個陌生男孩的身邊，那個男孩並不是穿著我們學校的制服！

「哇……真強，八字又重、守護靈又多，真是與生俱來的強者！」男孩望著學妹，接近我們，「嗨！」

是……是那個聲音！那個手機裡的聲音、是那個久遠的聲音！

「你是……你是誰？」我不可思議的看著他，他穿著沒見過的制服，學號後頭有兩槓，看來也是高二生。「學長，他就是那個陌生的神秘男孩！」

「呵呵……怎麼會說我陌生呢？」男孩靦腆的笑了笑，「我們好歹一起長大，還一起玩到妳六歲呢！堂姐！」

堂姐？這小子是我堂弟？

「放心好了，聖繩已經把那邊給淨化了，妳的同學們都得以升天，我當初沒考慮到這一層，所以只顧著關閉通路，倒沒想到要超渡它們！做得不錯耶，堂姐！」

「你……你在說什麼……」

「是三伯打電話叫我來的，我也知道妳十七歲的劫難到了，所以趕緊趕上來！」我堂弟輕鬆的聳了聳肩，「不過好歹妳是我們家族的人，處理這種小魔小怪 OK 的啦！」

我完全聽不懂男孩在說什麼啊！他是我堂弟？爸是他的三伯？我印象中沒見過爸那邊任何親人啊！

「堂姐，妳該把東西交給我了！」他對著我伸出手。

我瞪大了眼睛，看著他掌心向上，直覺性的把書包裡的古鏡擱在他手上。

我打從心底深深的信任著這個男孩，他給了我明確的指示，幫助了我，所以古鏡給他是理所當然的。

男孩把古銅鏡拿在手掌心上來回把玩著，露出淺淺的笑意。

「很難想像吧，這是從十元的店買回來的鏡子。」他笑著，把古銅鏡用一塊詭異、上頭有許多文字符號的黃布包裹好，放進提袋裡。

「十、十元的店？」我愕然，竟然可以在十元的店裡買到這種受詛咒的鏡子？

「人生，是很奇妙的！」男孩咯咯笑著，看不出他的緊張或是任何惋惜。

然後他不再說話，只跟我們道再見，就說他得趕回台南了。

「有空記得要回來玩，大家都很想你們！」他留下了這麼一句話。

看著他讓我想起，我不但沒看過爸爸那邊的親戚，而且也沒有任何去過台南的印象……像是與親人斷絕往來似的。

「等等！請問、請問你知道怡情是誰嗎？」我衝上去，抓住他的衣袖。

男孩回過了頭，有些遲疑，最終還是告訴我那驚人的答案。

「她是妳沒出生的雙胞胎姐姐，賀宜琴。」

十七年前，媽媽懷孕時就知道不對了。

爸爸的家族是一個具有通靈或是陰陽眼的家族，而我的爺爺從一開始就希望媽媽能夠打掉肚子裡的小孩。

理由很簡單，單純因為我出生的時間可能會導致大問題。

不是說什麼看得見或靈感力超強這種事，在爸爸的家族裡，靈感力越強地位是越高的！而是因為我可能的誕生時間，會導致我未來不但命運多舛，還有可能會變成無惡不作、被鬼怪控制的惡人。

因為媽媽懷的是雙胞胎，極有可能會早產。

整個家族都憂心忡忡，每個人用各式方法，都算出媽將會在懷孕七個月時生下我們，而我們將不是受到祝福的孩子。

然後爺爺求神問卜，乾脆還請了祖先們出來討論，最後竟然意外地喚出了姐姐的靈魂。據說她是好不容易修成正果的魂魄，在這一世可以投胎做人，但是她知道了這樣的情形，所以她決定選擇下一次的輪迴，以換得我順利平安的人生。

在四個月時，姐姐自己成了死胎，讓我得以撐到九個月，足月誕生。

只是姐姐這麼做好像是利用極陰的力量，所以我們共同欠了一份債，十七歲時我將會遇上妖物，該不該屬於這些妖物，就看我的造化！

姐姐也告知家族的人，能跟妖界扯上關係的東西不多，最有可能流落在人間的是一面鏡子，而那是周朝之前的東西，暗藏祭曲，希望能讓我多做準備。

爺爺家族沒人會那時的文字，所以只能教我古時的曲調，所幸宮商角徵羽並未失傳，而且真正有用的祭文或是曲調，都跟遠古時期脫不了關係。

於是我在層層保護下成長，只要債還清了，我就再也不欠誰，可以順遂的過我的人生。

所以我的命是姐姐給我的，她犧牲了自己，以換得我的生命！而十七歲的劫難是為了讓我活下去，姐姐甚至跑回妖界只為了引導我。

我更確信了這一切的事端發自於命運，而不是什麼巧合。

而這間學校的同學，與我的命運相連，一起進入我的劫難；這不是我的罪與錯，因為開啟門的人並不是我。

回到家後，我跟爸媽詢問了詳情，也得知媽媽原本就不喜歡爸爸家族的與眾不同，在我六歲時又得知姐姐的死胎事出有因，此後她便對夫家深惡痛絕，執意搬到北部，自此不再與夫家的家人聯絡。

所有的一切成了禁語，我不再知道台南親戚的所有事情，但是爸媽卻對鬼神依舊懷有一份敬仰，也不會排斥稍稍敏感的我。

一直到幾年前，堂弟念的學校有人意外得到那面鏡子，也犯了一樣的禁忌，雖然堂弟瞬間解決這件事，但那面鏡子竟然被警察收去，再無消息！

那時爸爸就非常緊張的要我複習古時音律，因為大家都知道，十七歲即將到來，是個該還債的時候了！

期末考結束，爸媽帶著我，回到了久違的鄉下。

來車站接我們的是伯伯，車上還有打小與我玩在一起，小我半年的堂弟；我們來到郊外的荒僻處，途中掠過的景色，喚起我的記憶。

我跟堂弟自小在這裡玩耍的情景雖然模糊，但依舊存在。

老家是一座「萬應宮」，聽說是很靈驗的一處神宮；而老家的祠堂裡有個小小的房間，那裡只供奉著一個未出生的牌位……一年三百六十五天，天天鮮花素果，香氣裊繞，從無間斷。

上頭刻著：「賀宜琴」這個名字。

「到頭來，姐姐還是為了我被淨化了……」我含著淚，想起我那一瞬間做的決定、拋出的繩子。「她會不會永世不得超生……」

「這妳不必擔心，她早在門關閉前就離開了！況且就算沒走，她也不是妖物，不至於被淨化乾淨！」堂弟肯定的說著，「沒算錯的話，她應該快投胎了！」

「真的嗎？」我驚喜的叫了出聲。

「嗯，她等了妳十七年，就等劫難結束！」堂弟也拿了香，誠敬的拜了拜，「事情結束了，她就可以安心的投胎了！」

我感激的笑了開顏，淚水不停的滾落，幾度用手抹都抹不盡，這個我未曾謀面的姐姐，竟然會如此的疼惜我！

我閉上眼睛，就能憶起在鏡子裡的一切，她總是溫柔的看著我，而且還帶著欣喜若狂的神情，甚至在我難受時輕撫我的臉頰、拂去我的淚水、安定我的不適……

『能夠有機會這樣說話、這樣觸碰到妳，我已經覺得再幸福不過了！』

我一輩子都不會忘記十七歲的夏天，我失去了許多老師、失去許多同學，還失去了摯友，這一連串的失蹤案成了懸案，警方毫無頭緒與線索，只能把案子擱在那兒，就像堂弟當初的國中一樣。

我繼續平靜的過著校園生活，跟失去記憶的蕃茄也變成好朋友，她說不知道為什麼，總覺得跟我有份患難與共的感覺。

我只是用輕笑回答她。

這個案子永遠沒有水落石出的一天，但是我知道失蹤的同學與師長們已經被昇華與超渡，他們不會被禁錮在那個可怕的妖物世界，永無止境。

我打算明年指考考回台南的成大，好好認識家族的一切，並且努力修行，我擁有這個家的血脈，我相信我可以跟堂弟一樣，下次再遇上事情時，能夠做個幫助別人的人。

能力越強，責任越大，我已經深深瞭解到這一點。

十七歲的夏天，很快的結束了！

在開學後沒多久的初秋，堂弟捎來一則喜訊，他大姐懷孕了，他即將變成舅舅！而重點是——八九不離十，小外甥女恐怕就是我那位沒法一起生活的姐姐！

這一次，就換我來守護姐姐吧！

尾聲

「我好想吃鹹酥雞喔……」

「忍一下好不好，等一下就有晚餐吃了！」

「嗚……為了美麗，果然還是要犧牲一下！」

兩個女孩走下階梯，穿著緊身的衣服，精心打扮，看起來就是要去享受夜晚時光的模樣。

「我頭髮後面有沒有弄好？」前方的卷髮女孩憂心的整整後腦勺的卷度。

「有啦，很正！」後頭的短髮女孩無奈的搖了搖頭。「聯誼的男生一看到妳就會被迷暈了。」

「啊！這邊剛好有面大鏡子！我要照一下！」卷髮女孩三步併作兩步的往下走，急匆匆的。

後頭的短髮女孩跟著加快腳步，宿舍的下樓處總是面對著一大面鏡子，雖然距離樓梯有三公尺遠，但正因如此，每次下樓看見自己，總覺得怪怪的。

但今晚是重要聯誼，她不免也邊走邊查看自己的裝扮。

嗯？她瞧著走下的卷髮同學，從腳開始倒映在鏡子裡……然後一步步走向……身體呢？她的身體呢？

那一瞬間，有個沒有身體的下半身走下了樓梯！

「喂！妳幹嘛？」走到鏡前的卷髮女孩回首望著呆站在那邊的短髮女孩，狐疑的叫著。

「我……」一個失神，當她重新看向鏡子裡時，看到的是正常的室友，紅色的圓點普普風穿著，加上一頭柔美浪漫的大卷髮。

她剛剛眼花了嗎？

「快點！拿鏡子出來，我要看一下後面有沒有卷好！電棒超難用……」

看著這偌大的鏡子，短髮女孩在記憶深處浮現一個事件，她高中的時候，全校曾經莫名其妙的失蹤許多人，有個學姐一直肯定的說是鏡子的原因，連他們班也有過鏡子會拖人進去的傳說……

起因在於……

「喂，別照了啦！」拿著粉餅鏡的她左顧右盼，發現整條宿舍走道都沒有人，「妳忘記我跟妳說過我高中的事情？」

「喔！那個啊！我記得啊！拿高一點啦！」卷髮女孩認真的撥弄後腦勺的頭髮，「可是我記得禁忌是站在兩面鏡子中間，而且還要數到第三十三個鏡裡的自己不是嗎？」

「話是這樣說啦……可是本來長輩不是說站在兩面鏡子中間不好！」短髮女孩覺得一陣毛骨悚然，還是執意把粉餅鏡收下。

「喂——」卷髮女孩不依的嬌嗔起來。

「高中事件現在還是懸案，無論如何，有時候還是聽老一輩的話比較好。」短髮女孩低首把粉餅鏡放進皮包裡，「寧可信其有，不可信其無，妳懂……」

咻——

附錄：BBS版尾聲

女孩坐在電腦螢幕前，按下一次又一次的空白鍵，肩頭還夾著電話，樂呵呵的說個不停。

「呵呵~我跟妳說喔，妳上次跟我說妳高中發生的事啊，我把它貼在鬼版跟故事版、還貼在部落格呢！」女孩興奮的看著自己的貼文，「就是一堆學生失蹤的事！」

『……』電話那頭一陣沉默，『妳貼那個喔？我覺得不好耶！』

「哪會啦！妳不是說變成懸案了？瞬間失蹤那麼多人，暴炫！妳不知道回應很多喔！」

『喔……大家覺得事發的原因有趣吧？』

「對啊！多酷啊！站在兩個鏡子中間，數著三十三個倒影……」女孩看著網頁全黑的螢幕，發現電腦映出她身後的某個東西，「喂，妳記得我宿舍嗎？後面的床架上，我們掛了個半身穿衣鏡耶！」

『嗯？喔喔，對啊！』

「那這樣子不是很像嗎？電腦、我、鏡子，像不像我坐在兩個鏡子中間——雖然穿衣鏡很遠！」

『那……不好吧？妳快把鏡子移走！不然別看著電腦啦！我自從那時聽學姐們在傳後，我就再也不敢站在兩面鏡子中間了！』

「哈哈哈！妳少來了！我又沒數到三十三？」女孩蹺起另一隻腳，咯咯笑著，「而且電腦螢幕又不算什麼鏡子？」

『可是……我覺得還是不好！我媽他們說光是站在兩面鏡子中間就不好！而且妳是不是在 BBS 裡晃？那不是黑色的介面嗎？這樣倒映更明顯……別再看小說了！』

唰——

『其蓁？喂？喂……』

補遺

漆黑的夜裡，在女人的哀鳴聲中，突兀的出現響亮的嬰孩啼哭聲！

「是男孩！是男孩！」宮女們喜出望外的捧著皇子，興奮的對著臉色蒼白的女人說著。

「是嗎……那就好……那……」女人直皺起眉，又開始連聲哀鳴。

皇后房裡亂成一團，皇上在外頭急著走來走去，而一位老婦急急忙忙的走出房間，請皇上稍安勿躁，便又匆匆離去。

「祝官！祝官！」老婦焦急的衝入內殿，「祝官啊！」

「怎麼了？」祝官緊鎖著眉頭站了起身，「我正在為新生的皇子祈福啊！」

「為哪一個？」老婦一臉哀淒，「皇后生的是雙生啊！」

什麼？祝官倒抽了一口氣，刷白了臉色，連連踉蹌數步！

他趕緊回身在祭壇前唸唸有詞，佛珠在手，香爐在案，只見他取過幾片龜板往地一擲，旋即噯呀失聲，連連搖起頭來。

「災象！厄兆啊！」

「皇子只能有一個！另一個該怎麼辦？」

「不能留！先皇無弟，只能傳子，另一個皇子絕對不能留！」因為皇位只有一個啊！

「是的，那老婦就連夜送出宮中！」

「不！」祝官鐵青了臉色，拉住老婦的手，「除掉！另一個皇子不能活在世間！」

這是災厄之象啊！是用血染紅的朝代，是用人民的性命去換取個人安樂的悲世！

這一切的起源就在於不該出生的另一個人！但是他能力不足，無法窺視未來，只知道雙生子不能同時存在，不僅僅是為了未來的傳位，更是因為其中一位將會導致國家興亡啊……

但是其中一位……究竟是誰？

殺死皇子的意圖沒有得逞，因為沒有母親下得了手，在第二個孩子出生之際，皇后便即刻搶過，她深知宮闈裡的陰險深沉，她知道在她疼痛暈倒之際，就會有人害死她懷胎十月的親生子。

因為皇位只有一個，皇太子也只能有一個。

可是兩個孩子都是她的，瞧那睡著的臉龐，不是一模一樣的祥和嗎？

當夜，祝官以為皇子及為皇后祈福為由，悄悄的接過其中一位皇子，並在皇后的堅持與命令之下，將這位皇子留了下來，留在宮中。

留在皇后寢宮裡，木桌上那面樸素的古銅鏡裡，為了讓皇后隨時都能見到她親愛的孩子。

鏡子裡是妖、鬼、魔所共同存在的空間，在遠古時代它們都是和平共存的，祝官只不過以鏡子為通道，將皇子送了進去。

祝官請求妖界讓皇子平安生存，並訂下每年獻上三十三位活人為祭品的承諾。那面手執的古銅鏡背後，還有著承諾的刻印，魔物以法力刻上：「鎖」；而祝官更將祭曲當作工藝，請一流工匠將曲調一一刻上鏡子。

「母后！母后！」鏡子裡的皇子總是敲打著鏡子，聲聲問著他能不能出來？

因為祝官沒有打開通路。

祝官堅持不能讓這個皇子回到現世的世界，不能冒著讓任何人瞧見兩名雙生皇子的風險；當夜參與接生的人已全數殺盡，這個秘密只有下祝官與皇后知曉。

鏡子裡的皇子常與皇后對話，看著母后懷裡抱著自己的兄弟，他卻完全得不到一絲撫觸，他想知道偎在母后懷裡是如何的感覺，他想知道為什麼鏡子另一端的人長得跟他比較像？

在他存在的世界裡，都是一些很奇怪的人，他們有的長得歪七扭八、有的根本不像人，只有一個照顧他的宮女長得跟母后一樣美麗。

鏡子裡的皇子在妖與鬼混雜的世界裡長大，而妖界裡有位女妖非常喜愛皇子，化身為人形，擔起照顧皇子的責任，她沒有跟祝官要求任何東西，僅僅只是平日的祭品裹腹即可。

日復一日、年復一年，人類世界裡的皇子受封為太子，集權力榮華於一身；而鏡子裡的皇子透過鏡子看著自己的兄弟，他的心早漸漸與妖界裡的妖鬼們同化。

怨、嫉、妒、恨，即使沒有人跟他說，他也會思考，為什麼長得跟他一模一樣的兄弟，會過著無憂的生活，能得到母后的擁抱，而他為什麼只能跟一票妖鬼在一起，陪伴他的永遠只有小螢？

為什麼……封入鏡子裡的是他？

「皇子啊……請不要怪我！」祝官總是會在密室裡的正衣大鏡與他說話，「當晚事態緊急，情非得已……我也是順手接過一名嬰孩，就趕緊送入鏡子裡！」

「為什麼是我？為什麼就是我？」皇子簡直是怒不可遏，「難道要我在這世界待上一生一世嗎？」

祝官看著皇子，恭恭敬敬的跪了下來，行了大禮！

是啊，生生世世，皇子都必須待在鏡子裡。

「不……不！我不要永遠待在這裡！我不要！」皇子崩潰了，他一直在等、等到可以回到自己世界的那一天，一直在等待啊！

從那日起，皇子就消失了，祝官也成天關在殿內，不停的唱誦著經文，祈求國泰民安、祈求皇子平安，祈求上蒼能原諒他所犯的錯。

終於在數年後的某一天，祝官密室裡那特製的正衣鏡中，出現了削瘦的皇子。

他整個人都變了，他不但變得削瘦，還陰沉靜默，那雙該是純真的眸子已闃黑如摸不著邊際的地獄。

「我決定跟小螢離開這裡。我不需要一輩子守在鏡子前等待不可能成真的事。」

「放心好了！我在這裡長大的，我能活下去的。」他回首，那美麗的女子依在他身邊，「而且小螢也在，不必擔心。」

「我只有最後一個要求。」皇子認真的看著祝官，「我想要……讓母后抱一次！就那麼一次！」

無盡的猶豫與恐懼自祝官心裡竄起！

他不知道該怎麼形容這份感覺，但是眼前的皇子無法讓他全然安心！並不是因為他外貌的改變，而是他全身散發的氣質，好像已不再是人類……

那笑容似曾相識啊……好像當初與他簽訂契約的魔物，笑著說它們要求每年三十三位活人獻祭般的笑意啊……

最終，祝官還是屈服了，皇后也帶著鏡子來到密室。

大鏡子前跪滿了數十名男女，個個縛住手腳，驚恐不已。祝官請皇后站在遠處稍候，並取過皇后帶來的古銅鏡子，面色凝重的站到了正衣鏡前，站在兩面鏡子的中間。

祝官看著古銅鏡子，先吟誦了一段激昂又深沉的祭文，然後哀憐的看著腳下驚恐的男女。

「一、二、三……」祝官一個一個數著被綁住手腳，跪在鏡子前的男男女女，「三十三！一共三十三位活人，開啟通路吧！」

那原本不甚清楚的古銅鏡面瞬間扭曲，彷彿湖上漣漪，皇后看得是瞠目結舌，那鏡面似水，卻又不曾涓滴！

只是下一刻，她卻因恐懼而失聲尖叫！

她親眼瞧見三十三位男女，被一個個拖入鏡子內，而那群長相可怖的妖魔鬼怪，貪婪的拽入那些慘叫著的男女！

最後，她鍾愛的兒子，渾身是血的從鏡子裡走了出來。

「母后！」他激動的流下眼淚，他終於踏上屬於自己的土地！

「孩子……你受傷了嗎？」皇后擔憂但帶著害怕的看著她的孩子，並沒有立刻上前擁住他。

「沒有，這些只是它們把人類拖進去時噴灑出來的血。」皇子平靜的微笑著。

皇子伸出手，第一次握到了除了小螢之外的溫暖。

再如何害怕與恐懼，這樣的觸碰還是讓皇后軟了心，她哭泣擁住自己二十年來從未擁過的兒子，緊緊的擁抱著。

「以後我想要見你，都必須這樣獻上三十三位活人嗎？」皇后顫抖的問著。

「不……如果母后想見我，只要用三十三個幻影就可以了。」皇子悄聲的說著，「妖魔們很呆的，它們分不清楚！您看，只要在古銅鏡及另一面鏡子間站立，就會出現無數個您！然後您只要先吟唱祭文、再大聲的數到三十三，妖鬼們就會開啟通路！」

「真的嗎？」皇后喜出望外，而祝官卻在一瞬間覺得不寒而慄。

是這樣嗎？妖鬼們有如此迷糊嗎？它們畢竟還是喜愛鮮肉滋味的物種，怎麼可能沒有嗅到人類生氣就將通路開啟呢？

「母后，我也想見哥哥一面。」皇子誠懇的開了口。

皇后猶豫了，她覺得不應讓這對雙生子相見。

「只要站在鏡子中間，大聲數到三十三……」他回首，竟將古銅鏡一把丟進了正衣鏡裡，

「小螢。」

鏡子裡走出婀娜多姿的美女，她手上已持著那面古銅鏡，纖指劃過鏡子的背面下方邊緣，再交給皇子。

「一定要用這面鏡子，因為這是祝官跟它們簽約的證明。」皇子再度微笑，「這是鎖匙，得把鎖匙送進那個世界。我才能出來。」

是、是嗎？這面契約的古銅鏡從來不需要帶進龍蛇混雜的妖界啊……皇子剛剛不是已好端端的走出來了？

祝官暗自後退，他貼在牆上，他必須專心一志，他知道這個空間中有不尋常的事情存在，他緊握著唸珠，他認真的祈求祖先們能給他提示，能讓他瞧清楚這一切謎團！

突然間，一陣涼風拂至，他倏地瞪大雙眼，看向鏡子裡那一個個該被肢解的三十三位祭品男女，此時此刻竟然好端端的站立在鏡子裡！

一瞬間，他明白了！

「皇后！」祝官驚慌的慘叫，「快走！快離開這裡！」

一切都是那麼倉卒，皇后甚至來不及回神，就見到她久違的孩子一把被祝官拖走，往鏡子裡甩去，小螢上前準備對付祝官，卻被他手中的東西嚇著了！

「退後！退後！」祝官手持金色的長繩，不停地對著鏡子揮舞，直至把小螢逼到絕境！

「小螢，妳進去！」皇子見到小螢那蒼白神色，就知道祝官的手持之物並非凡品。「祝官，我不是妖類，我不怕那個東西。」

「這是祭祀先祖的聖繩，自然只對妖物有用！皇子，您究竟想做什麼？您跟那些妖鬼許了什麼諾！才需要這柄鏡子！」

祝官天眼已開，他眼前的皇子的的確確還是人類，但是圍繞著他的怨與恨，像兩團濃厚的紅褐迷霧，籠罩著他……彷彿他二十年來的怨恨般，濃稠得化不開！

「我要出來！我要跟我那志得意滿的兄弟交換！憑什麼我一個人被扔在妖界，他就在這裡享盡榮華富貴？」皇子猙獰的指向祝官，「都是你！你們虧欠我的，我全部都要討回來！」

皇后失聲痛哭，因為她孩子刺傷了她心底的痛。

「啊，你做了什麼？你在妖界做了什麼！」祝官只在乎這個。

「我想出來……大家都想出來啊！這裡有吃不完的鮮美血肉啊！所以我跟大家都有共識！」皇子劃上了陰鷙的笑容，「只要通路一開啟，我們就可以跟人類交換世界，讓妖鬼們化作人形在這兒生活，而人就變成妖物待在妖界永生永世吧！」

第一個該進去的，就是他的雙胞胎哥哥！

天……天哪……他做了什麼！他做了什麼！二十年前，他就該當機立斷，殺掉那哭泣中的嬰孩啊！

「這是上天虧欠我的！我不需要交換身體，因為我跟我那雙生子的兄弟有一模一樣的身軀！」皇子看向泣不成聲的皇后，「是吧？母后，二十年了，也該換哥哥進去待二十年了吧！」

他被怨與恨侵蝕了身體與心智，他的心已如同妖物般邪惡，他刻意讓自己變了形、枯了身骨，就可以大大方方的佯裝宮闈的人，直接殺到他最恨的胞兄身邊去，取而代之！

只是祝官更快，他揮動手中的繩子，捲上皇子的頸子。

「皇子——」鏡裡的女人尖叫，但是她畏於聖繩的力量，連一步都無法踏出鏡子！

「小螢……報仇……要幫我報……」皇子看著小螢，這個他這輩子最愛最愛的女人！

皇子死命掙扎著，抽出懷間藏著的尖刃，一刀刺進祝官胸膛；無奈祝官贖罪的信念大於一切，他耗盡了全身的力量，讓不該存活至今的皇子嚥下了最後一口氣。

「不——」淒厲的尖叫來自皇后、來自鏡子裡的小螢！

皇子死不瞑目，雙眼瞪視著祝官、或瞪視著天、瞪視著不公平的一生。

祝官的血不停湧出，他爬到大鏡子前頭，拖過契約簽訂的古銅鏡，讓自己身處中間，他力氣薄弱，只能虛弱的哼著祭文的曲調，然後再開始關閉一扇一扇的通路。

「三十……二十九……」一口口血噴了出來。

「我會幫皇子報仇的。」鏡子裡的小螢淚流滿面，「我會親手結束這個皇子得不到的王朝。」

一陣輕煙裊繞，小螢成了一隻白狐，哀淒的消失了。

「三……二……一……」祝官緊握著繩子與鏡子，「妖界與人界的通路啊，自此不再開啟……」

皇后奔到祝官身邊，祝官顫抖著想交代遺言，卻連抱歉也來不及說便撒手人世。

祝官的葬禮非常隆重，而行兇者的遺體被草草埋葬，皇后心痛如絞地看著自己的孩子被當成兇手曝屍荒野，不免也懷疑起當年是否真的犯了錯？

皇后親自在鏡子正中間刻上「逆」字，她認為這樣便足夠，開啟通路的方法如此複雜，她相信慘劇不會再度發生。

皇后把祭繩剪成兩半，染著自己孩子鮮血的那段她收了起來，而另一段連同鏡子，交給下一個祝官。

新任祝官只是碰觸到木盒，皇后甚至尚未解釋，祝官卻彷彿了然一切般的搖了搖頭，口裡喃喃唸著：「孽障啊……孽障……」便把木盒封印，埋藏起來。

可惜，皇后沒有注意到小螢在鏡子背面，下緣裡刻下的痕跡。

此後皇后整日唸經祈福，贖孩子的罪、自己的罪、祝官的罪，了此殘生。

這是殷商武丁盛世時，深宮中不為人知的永世秘密。

時光流轉，那面古銅鏡現被執於纖指中，黃澄模糊的鏡面卻映著絕世容顏。

「娘娘，這面鏡子好別緻啊！」宮女們好奇的看著。

「是啊，這是照嬌鏡，可以映出最美的模樣！」美豔絕倫的女人把玩著，「聽說這是以前祝官們的寶物呢！」

這鏡子大有玄機哪，鏡後的圖紋刻了個：「鎖」；鏡面中間卻刻上了：「逆」；最絕的是……鏡後的下緣刻著：「立於兩鏡間，數至三三，繁華立現。」

因緣巧合拿到這面鏡子，進宮途中，在恩州驛館那夜，她也照著鏡子的指示做了，果然哪……繁華立現啊！

她現在已經是一人之下、萬人之上，皇上的寵妃哪！

「妲己娘娘！皇上來了！」宮女自外頭喊著。

妲己輕佻一笑，她知道紂王會如何寵她，寵到斷送這一片江山——她發過誓，她要親手斷送這個皇子得不到的王朝！

有商一朝，蘇氏女妲己傳為狐狸精再世，手持照嬌鏡，鏡裡婀娜多姿、傾國傾城！

其令紂王昏庸不朝、助紂為虐，周武王滅商斬之。

當年蘇護戴罪入京，行至恩州當夜，將妲己安置於後面內室裡，三更時分，妲己取鏡自照，忽見鏡上文字，便再取一鏡，低聲吟唱宮調，在兩面鏡中數著三十三位姣美的自己。

忽然一陣風響，透人肌膚，將燈吹滅而復明。淅凜凜寒風撲面，清冷冷惡氣侵人！蘇護趕至妲己床榻相問，妲己答相安無事，殊不知回話的乃是千年狐狸。她已借體成形，將迷惑紂王，斷送他錦繡江山。

此是天數，非人力所為。有詩為證：

「恩州驛內怪風驚，蘇護提鞭撲滅燈；二八嬌客今已喪，錯看妖魅當親生。」

節錄改編自《封神演義》

番外・新生

連著幾天的好天氣，這天卻突然陰暗了下來，而且山谷裡瀰漫著濃濃大霧，讓一切變得不清明。

我推開陳舊的窗戶，那窗子的木櫺有著腐朽的味道，因此鑲在上頭的玻璃跟著搖搖欲墜，晚上還會透進風來。

「雲好厚喔！今天別出去了！」蕃茄剛梳洗完，伸了個懶腰，「剛好趁機休息一下好了，我腰快斷了。」

「這麼不經操啊？」我回首笑著，其實知道這幾天有多累。

我是賀宜庭，今年十八歲，是個剛放暑假的解脫考生，其實我早已推甄上了，只是到了暑假才清閒；我的人生跟一般人一樣的平凡，直到十七歲的夏天為止。

簡單來說，我的出生有些異於常人，爸爸的家族是一個具有通靈或是陰陽眼的家族，在台南甚至有一座香火鼎盛的「萬應宮」，高人處處皆有；而媽媽以前就不喜歡這些事物，因此遠離爸爸的家族。

偏偏十七年前，我在錯誤的時間出生，我與生俱來的能力與血緣，將導致我未來的命運多舛，還有可能會變成無惡不作、被鬼怪控制的惡人。

因為媽媽懷的是雙胞胎，極可能早產，早產的時間將使我一生悲慘；解救我的，是一起住在子宮裡的雙胞胎姐姐，她是個修成正果的魂魄，自願犧牲這一次輪迴，讓自己在四個月時成為死胎，使我順利的在九個月時平安誕生，修正了出生時刻。

只是姐姐這麼做好像是利用了極陰的力量，所以我們共同欠了一份債，十七歲時我將會遇上妖物，該不該屬於這些妖物，就看我的造化！

去年夏天，我在學校遇上了妖界的通道開啟，也就是命定的劫難，雖然我最後逃出生天，但還是失去了最要好的朋友、還有許多同學；這等於還清了債，我再也不欠誰，可以順遂的過我的人生。

而上一個暑假，我就跟著爸媽回到台南「認祖歸宗」，見識了萬應宮，也跟許多親人見面；早在修練的堂兄弟們教我簡單的咒法跟修行心得，回北部之後，我有空就是打坐唸經，先從修心做起。

我的雙胞胎姐姐在引領我逃過劫難後，已經投胎轉世了，去年初秋，堂姐懷孕，八九不離十，我未來的小外甥女恐怕就是我那位沒法一起生活的姐姐！

推甄結束，我順利進入第一志願的宗教系，自從瞭解自己的身世背景後，我現在對神鬼與宗教文化，異常的狂熱。

上個月宗教系系主任來了封信，希望我在開學時能繳交一份特殊文化與宗教的報告，並且請我到新竹山區的某村落探詢。

蕃茄以前是我的死對頭，經過去年那場生死劫難後，我們現在變成麻吉，她一聽我要來，當郊遊似的，說我需要一個伴，橫豎都要跟。

所以我現在已在這荒山野嶺的村落，他們有個簡單的稱呼，叫做「魏村」，因為這兒的祖先姓魏，妙的是，村人幾乎都姓魏；這裡的文化與宗教自成一區，他們的祖先原本是平地人，日據時代時躲上山，跟這山裡的原住民一起組成部落，發展出獨特的文化系統。

這裡真的相當特別，久在城市居住的我，都沒想過會有這麼封閉的世外桃源！

這是一個很大的村落，與其說是村，不如可以說是一個小鎮了！他們位在群山之坳，相當的大，有著自己用石板鋪的路，有學校、有醫院、有廟宇、有商店，應有盡有。

唯一沒有的，就是聯外的心。

在這兒的村民沒有人想要下山、也不會有人想到都市去闖生活，他們過著自給自足的生活，職業技能採取傳襲制，相互通婚，不過這也造成許多畸形兒的誕生，還有人口銳減的結果。

因此，村子這十年才開始有志願者到都市去學習，也開始讓研究學者到村子裡來研究，對外的道路一打開，整個村子活絡起來，我們也才有機會住在「民宿」裡。

「宜庭！」門外傳來敲門聲，是老闆娘，我們都叫她阿芬姨，「樓下有早餐喔，妳們可以下來吃。」

「好！」我看了蕃茄一眼，這裡的人實在相當好客。

「今天要去研究什麼啊？我覺得今天一定會下雨，拜託別跑山區！」她換著衣服，喃喃唸著

「我想去廟裡耶……」我咬了咬唇，「可是很奇怪，大家好像都不讓我們進廟裡。」

其實研究他們的宗教，才是我此行最大的目的。

「說不定有……什麼禁忌？」蕃茄聳了聳肩，「搞不好不准外地人參拜咧！」

「啊？不會吧……」我無力的垂下雙肩，這不是不可能的事情。

走出房門外，我們住在二樓，窄窄的走廊上有五間房，知道這個地方的人並不多，因此這一次只有兩個住客；除了我跟蕃茄之外，就是住在底間的旅客了！

來這裡一個多星期了，卻完全無緣見到同住的另一個旅客，會來這個地方都是為了研究，很少人會來這裡郊遊的。

順著木梯走下，就會見到一室光亮，因為這裡的屋子都是木造古屋，而民宿主人夫婦是賣早餐的，所以大門總是敞開，可以看到來往的人們。

「早啊！今天想吃什麼？」老闆王大哥笑吟吟的招呼著。

「我要生漿油條！」我愛喝無糖的豆漿，別有一番香味。

「那我要米漿跟蘿蔔糕就好。」蕃茄拉開了板凳，是的，這裡還是板凳的時代，我們倆坐了下來。

「老闆，我好像都沒看過另一位客人喔？」我好奇的打探起那未知的房客來。

「啊？哈哈，她都關在房裡，見不到的！」王大哥熟練的盛了碗早點送上，壓低了聲音，「那是個臨盆的孕婦！」

「咦？」蕃茄瞠圓了眼，「臨盆？」

連我也傻了，臨盆的孕婦應該送下山待產吧？對方是遊客，並不是這個鎮上的人，難不成要讓外地人在這裡生產嗎？

不是我有偏見，但是生產這種事是在鬼門關前打轉的事情，醫療設備若是不夠齊全，弄不好是賠上兩條命吧？偏偏這個村鎮，就非常的「簡樸」啊！

我們去參觀過所謂的醫院，真的就像偏僻村莊的衛生所而已啦！

「她來這裡待產嗎？」我很沒禮貌的又問了。

「啊？不是不是！她是我老婆在山腳撿到的！」王大哥俐落煎著赤黃的蘿蔔糕，香味四溢。

原來是一個多月前，阿芬姨下山去採買生活補給品，卻看到一個臉色蒼白的孕婦蹲在路邊，看起來相當痛苦，所以便上前探問；一問之下才知道那個孕婦是離家出走，問半天也問不出個結果，只好先把她載回山上住。

回山上之後，孕婦一聽到他們有經營民宿，就給了一筆錢，說要在這裡住下；被救助的對象瞬間變顧客，他們變成不好多說些什麼，偶爾勸她跟家人聯絡，她也只是笑著虛應一應。

這是個沒有基地台的地方，網路根本沒法用，更別說手機了！我們帶著手機來，上山只能當鬧鐘跟電動用。

「所以……她都沒有打電話回家或是幹嘛喔？」蕃茄嘖嘖幾聲，看來這位孕婦脾氣也不小。

「這樣好像不好吧？搞不好家屬都報失蹤人口了。」一個月耶！誰想得到老婆負氣出走，會是到這個深山野嶺？

「唉，我們也沒辦法啊！」王大哥邊說，邊把蘿蔔糕盛盤端了過來，「她現在是客人，我們多說無益，只能看她自己了……喔！對了，她討厭人家打攪，妳們千萬別去吵她喔！」

是喔……蕃茄朝我使了個眼色，我想她跟我的想法一致，都不覺得這是個好方法，而且這裡不是生產的好地方。

正大快朵頤的吃著，阿芬姨從後頭走來，一臉喜上眉梢的模樣，跟王大哥兩人低語了好久，笑聲鈴鈴漫開。

「噯！同學！跟妳們說喔，晚上有祭典呢！」阿芬姨忽而看向我們，「我們前幾天跟村長說定了，同意讓妳們參加！」

「咦咦？祭典！」我興奮的叫了出聲，還有什麼比遇上祭典更棒的事呢？

「對啊，本來我們都不准外地人參加的，但是村長很喜歡妳們，也覺得妳們是乖孩子……只是不能帶相機，妳們只能用眼睛看，記錄在心裡！」

「嗄！不能拍照喔！這樣很難做報告耶！」蕃茄有些失望，我何嘗不是呢？祭典簡直就是文化的濃縮精華，但卻不能夠拍攝照片……

「算了！至少看得見！」我們能參加已經很幸運了，我拉了拉蕃茄，「妳要幫我看仔細，我們得記清楚！」

她噘著嘴，不甘願的挑了挑眉。

蕃茄性格本來就比較強勢，以前在班上就是個頭，她想要的事情就是要得到，所以天不從人願這種事她都不太高興。

我輕輕的戳戳她，做報告的是我，拜託她別太在意了。

門外刮起了一陣大風，外頭來往的人的確顯得活絡許多，我們吃飽站到門口去看，果然看見村民們在搭建舞台，熱鬧的準備著，看樣子真的有場熱鬧的慶典。

只是……我抬頭看向漸陰的天空，只怕天空不作美，看樣子會有傾盆大雨也不一定。

因為祭典的關係，我就決定不去廟裡了，廟方可能也在為祭典準備，所以我們回到樓上，一邊整理前幾天的資料，一邊稍事休息，轉眼間，就快黃昏了。

「好爛喔！」蕃茄搖著她的手機，咕噥著。

「怎樣？」我抽空回頭，她正壓著耳機，「妳在聽收音機喔？」

「對呀，什麼都聽不見，前幾天至少還會斷斷續續，今天只有沙沙——」她扯下耳機，把手機扔到一邊去。

然後，她的雙眼沉了下來，很明顯地看著我。

我瞭解那個眼神，連忙擱下筆，爬到她身邊去。「怎樣？不要跟我說要偷帶相機的事情。」

「才不是咧，我要偷帶才不會跟妳說。」蕃茄還有臉笑，「我是說，我覺得很奇怪。」

我轉了轉眼珠子，起身躡足的到門外邊去探看了一下，確定二樓沒人，才又關門回到房裡。

「妳開的頭，妳先說。」我坐下來，屈起雙膝扣著。

「如果祭典是很重要的事，為什麼他們今天才開始準備？像是今天突然想到該辦祭典似的！」

「同意。而且我覺得孕婦的事情很怪，我們完全沒看過那個孕婦出門，臨盆前應該會想多動動，而且再怎樣也不會有人選擇在這裡待產。」

「同意加一。而且特別叮囑我們不要去打攪她，就更怪了！好像怕我們跟她接觸似的。」

「同意再加一。」我回身拿過數位相機，挑了張照片給她看，「這是那天我拍街景時拍到的村民。」

「妳好賤喔！他們不是都不同意拍照？妳偷拍厚！」蕃茄賊賊的笑著，一接到相機，臉色一青。

是的，村民不願意接受拍照，願意接受採訪，所以我們可以問問題，卻無法有人像，那天我假裝在拍建築物時，偷偷選擇錄影，收進皮包時，鏡頭就能拍到附近所有的人。

「這是移動太快嗎？」蕃茄皺了眉，誰叫相機裡的影像，只有一團模模糊糊的人影。

「我覺得不是。」我聳了聳肩，「我們大前天到後面去找到的荒廟，我也發現了奇怪的地方，他們好像信很奇怪的教——」

「停——」蕃茄伸出手，制止我再說下去，「妳要告訴我什麼？」

「我覺得，魏村不尋常。」我側了頭，遺憾我感應不到太多，「我不知道是什麼東西，但是這裡就是怪。」

蕃茄嘆了口氣，小聲抱怨跟我出來就沒好事，然後倏地站了起身，毅然決然的往外走出去。

「蕃茄？」我追上，她人直直走向底間。

「我討厭不明的事物。」她頭也不回的走著，直到站在底間的門口。

那一瞬間，外頭忽地打了一陣響雷，嚇得我尖叫出聲。

森白的光電一瞬間照亮了紙門裡的景物，我們看到了兩個影子——一個躺在地上的孕婦，還有一個站著的人，正對著我！

我嚥了口口水，想起阿芬姨說的，這裡面應該……只有孕婦一個人……我伸出手想阻止蕃茄，她卻唰地拉開了門。

「嗚——」地上果真躺著一個孕婦，只是她雙手被縛，嘴巴塞進了巾子，看見我們就不停的扭動呼救。

蕃茄立刻衝過去為她解開繩子，而我……動彈不得。

因為在我的正對面，有個穿衣立鏡，在剛剛那道閃電映照之下，我看到的卻是一個人形。

我並沒有看錯，因為鏡子裡映的並不是我。

是賀宜琴，我那應該已經投胎的雙胞胎姐姐。

「……宜庭……賀宜庭！」氣急敗壞的喊叫聲來自蕃茄，「妳是在發什麼呆呀！」

我倉皇失措的看向她，以及被鬆綁的孕婦，後頭傳來急急忙忙的聲音，阿芬姨上樓了。

「發生什麼事了？妳們剛剛在尖——」阿芬姨一踏上走廊，臉色丕變，「妳們在做什麼！」

「我才要問你們咧！你們軟禁這個孕婦幹嘛？還敢說得那麼好聽！」蕃茄忿忿不平的護著孕婦，「綁架嗎？我還以為你們魏村無欲無求咧！」

「不是！同學，妳們是外地人，不懂我們的文化！」阿芬姨緊擰著眉心，「這是我們的祭品，妳們不可以動。」

活人祭？我愕然不已，當我再看向鏡子時，裡頭已經映著我自己的樣子。

姐姐？

阿芬姨迅速逼近，我立刻一個回身，展開手臂阻止她的去向，「妳休想靠近一步，我們現在就要把她帶下山！」

「那是不可能的……」回話的，竟然是氣若游絲的孕婦，「我……我破水了！」

咦咦咦？我跟蕃茄趕緊掀開被子一看，發現孕婦真的要生了啦！天哪！這是最糟的狀況，她這種情況我們根本不可能帶她走啊？

阿芬姨卻露出喜色，開心的向後奔跑而去，邊跑還邊大喊著：「要生了！要生了！祭典快開始了！」

雷鳴伴隨著她的尖笑聲，一陣又一陣打下，緊接著，滂沱大雨立刻傾盆而下，像是海嘯懸浮在空中，再瞬間破碎落下的可怕。

「孩子……他們要孩子！」孕婦忍著疼說了，「我的孩子就是祭品！」

「這是什麼文化啊！賀宜庭！看妳找的好地方！」蕃茄只是在發洩，我不會當一回事，「我們現在要怎麼辦？他們要拿菜刀來剖腹嗎……不對，如果這樣的話前幾天就該剖了。」

孕婦抓著蕃茄，喘著氣，她的陣痛讓她扭曲著面孔。

「賀宜庭？」她轉頭看向我，「妳叫宜庭？」

「嗯，她叫蕃茄，我是來研究文化的人，她是我同學。」她腦子一片紊亂，不知所措。

「幫我接生……拜託妳！一定要幫我接生！」她的淚水流得滿臉，「燒熱水、消毒剪刀，請蕃茄留下來守著我！」

言下之意，我得去準備這些東西就是了！

我心一橫，反正不管怎樣，我們絕對不能讓活人祭的事情活生生上演！

「等等！」我要轉身而出時，孕婦叫住了我。「把護身符裡的香灰倒進水裡，喝下去，妳們兩個都一樣。」

我掩不住驚訝，為什麼……這個孕婦會知道我們的護身符裡有香灰呢？

只是現在不是思考這些的時候，我衝回房間去拿水，和著香灰喝下去；二樓一片平靜，阿芬姨下去後也沒再上來，這種寧靜真的讓人不安。

我看了蕃茄一眼，她已經找好適當的武器，反正門口只有一個，她想當英雄大概也只趁現在了。

『好好吃……呵呵，帶血的嬰兒最好吃了！』

『連媽媽也一起吞掉吧！靈力強大的母子，千年難得一見吶……』

不存在這世界的聲音，傳進了我耳裡。

我下樓時，樓梯發出了嘎吱的聲音，樓梯在瞬間幾乎腐壞，我必須小心翼翼的下樓，才不至於毀掉這座老樓梯。

早上吃早餐的餐桌佈滿了灰塵與蜘蛛網，老闆煮飯的地方早已被雜物覆蓋，進入我眼界裡的景物，明明那麼熟悉，現在卻陌生不已……我好像處在一間廢屋裡，這裡百年荒蕪！

什麼王大哥、什麼阿芬姨……什麼村民，根本就不是活人——天哪！那我跟蕃茄早上吃的……不！這星期吃的都是些什麼東西！

顧不得情況，我衝到後院去吐了個痛快，我不敢想吃進了什麼，但是身子已經知道了，我吐得很徹底，胃酸跟膽汁充斥在口中，作嘔非常！

眼淚脆弱的滑下，我開始意識到這裡是什麼地方了，我竟被蒙蔽雙眼，還在這裡過了一個星期。

我原本還會在驚嚇中好一會兒的，要不是我眼前那口古井裡散發出可怕的陰氣，我也不會撤逃得那麼迅速。

那個聽說已經沒作用的古井，上頭被罩了個大板子，但可怕的邪氣正從裡頭源源不絕的流出，我隱約聽見古井裡，有指甲正在刨著土壁，掙扎的想爬出井外。

不假思索，我衝回廚房，將那快腐朽的門給關上，接著衝上樓把我的化妝包二號拿下來，裡頭是很多加持過的簽字筆，我開始在一樓所有的門緣跟窗戶上，寫上經文。

接著叫蕃茄下樓生火煮水，樓下所有出入口我都寫好了經文，她一個人暫時沒事，在她下樓時我聽見驚叫聲，想必喝過香灰水的蕃茄，眼界也清明了，知道自己身在何處了。

回到樓上，孕婦陷在陣痛哀鳴中，我則努力的在她的窗子跟紙門上寫著經文。

路過鏡子時，眼尾餘光再次瞥見了姐姐。

「姐姐！」我喊住了她。

『救我……』她面露哀悽，『妳一定要幫我！』

「妳不是去投胎了？」我焦急的問著，也不管孕婦看我的奇異眼光。

『我投胎了啊！但是我生不生得出來只能靠妳了！』姐姐雙手合十，很愧疚的神情，『對不起，我真的是不得已的，不把妳引來，我不知道該依靠誰。』

我瞪大了眼睛，終於回頭看向孕婦那隆起的肚子。「妳在……裡面？」

姐姐點了點頭，『我沒辦法幫她，她被餵食了不好的東西，我被鎮住了！』

我深吸一口氣，我遇過更糟的情況……沒關係，只要冷靜，就可以度過一切！上一次我什麼都還不會一樣可以活下來，現在我知道了簡單的驅鬼法，經驗值有加到分！

姐姐簡單的告訴我，這裡真的曾是一個村子，但是由於長久以來的近親聯姻，導致遺傳疾病進而失去了生育能力，面臨了滅絕的命運。這時，村長走上了邪路，妄想利用不明的力量讓村子再度興旺，他們下山搶奪新生兒作為祭品，在實現願望之前——一場暴風雨捲走了河床四周所有的物品，包括他們作法的神壇。

那是重要的祭典啊，村民們沒有遺漏的都聚集在現場，也絲毫沒有遺漏的——在他們鑄下更大的錯誤前，先被上天吞噬了。

只是，他們不甘心的魂魄仍在，獻祭只差一個嬰兒，所以怨靈們在這裡守候等待，等著再一個新生兒的到來……而這次，來了一對靈力強大的母女，村長決定自己出面啃噬掉她們，便可以自修為魔！

「又是這種腦袋燒掉的自私鬼！」我實在越來越難同情他們了，「明明是人，腦子跟妖一樣單純？」

「有時候，妖比人可愛呢……」孕婦趁著空檔，回應了我的自言自語。

姐姐又從鏡子裡消失了，我加快腳步處理現場，我把孕婦拖到房間的正中央，也用簽字筆在她四周寫滿密密麻麻的經文……我像在聯考一樣，寫到手都痠了。

「妳也看得見這些東西嗎？」我邊寫邊問著。

「很清楚。」孕婦撫著肚子，臉色越來越蒼白。

「他們給妳吃了什麼？喝香灰有效嗎？」

「不行，我怕會傷到孩子。」她堅定的咬著唇，「我無論如何會保護這孩子的，妳放心好了。」

我瞅了她一眼，「孩子是需要母親的，不要說得一副妳要放棄她的樣子。」

她微微一笑，淚水和著苦笑，然後又開始痛得哀嚎。

「我去找能用的道具，妳現在被圈在這裡面，應該暫時不會有事。」我拿出化妝包裡的一個小鈴鐺，「遇到緊急的狀況，妳就搖這個鈴。」

那是個再普通不過的鈴鐺，上頭繫了條繩子，躺在孕婦的掌心裡。

「嗯……」她沒問這是什麼東西，問了我也不知道！我只知道有危險就搖！

不得已扔下她，我再度往樓下奔去。

蕃茄很了不起，一堆木柴跟打火機她真的可以生火，只是我不知道她從哪裡找來的水。

「這不會是後頭那口井撈的水吧？」我瞪著那清澈的水大喊。

「我白痴嗎？妳門都關上了，天曉得後頭有什麼！」她被濃煙嗆個不停，「外頭那麼多雨水，我就跑出去裝了！妳檢查一下水裡有沒有問題！」

蕃茄不是我們這類人，的確分辨不出來，不過我連試都不必試，因為水裡倒映了姐姐的臉，她搖了搖頭。

接著我翻箱倒櫃的找蠟燭，天快黑了，雖然現在已經黑得跟晚上一樣，但我們需要照明，也需要火的加持。

匡啷一聲巨響，我們都聽見了後院裡某塊板子掉落在地的聲音。

井口的蓋子被推開了，「它們」已經從裡頭爬了出來。

『啊啊……怎麼進不去……』

『燙啊！為什麼入口被封住了！』

『上面！上面……』

兩個女生僵在廚房裡，我瞪著後院的窗戶，看著有許許多多嶙峋的身子，以怪異扭曲的姿勢攀牆而上。

「我得上樓去……」我轉頭看向蕃茄，「妳一個人……」

「我不行時會尖叫。」她拚命深呼吸，一邊吹著火堆，另一手緊握著頸間的平安符。

「妳真是可靠的人。」我抱著找到的蠟燭，有些不安，無法陪在蕃茄身邊。

「滾上去！快點去保護她啦！」她不耐煩的喊著。

我再度回到二樓時，孕婦房外已經爬滿了生物，它們是人，像是被風乾成人形的枯骨，上頭還留有著皮膚，攀滿了整個窗戶——我沒勇氣探到外頭看，我想它們該是爬滿整片牆。像盛夏的飛蛾，會突然覆蓋你的窗戶一樣。

尖尖的指甲刮在牆上、刮在窗子的玻璃上，有人的臉才貼上，立刻被燒成一片焦炭。

「我喜歡簽字筆。」我吃吃的笑著，古時愛用毛筆沾硃砂，就算寫了滿牆經文，水一灑就破了！但是現代有簽字筆，簽字筆保證沒有那種被水洗掉的機會。

「妳知道這是時間早晚的問題……」孕婦撐著身子，連我都聞到了血的味道，「只要數量夠多，它們可以犧牲前面的人衝破結界。」

「我不知道！」我驚呼出聲，「妳不要嚇我，我會的就只有這樣耶！」

她全身是汗，抖著身子，「沒關係，我會的比妳多。」

「咦？」我擺放好最後一根蠟燭時，她吩咐我點上。

然後孕婦要我跟著她唸經文，她說一句，我照唸一句。

「為什麼妳不自己唸？」我只是好奇。

「這塊土地，屬性極陰邪，孕婦是祭品，是不被保護的！妳唸咒語靠的是神界的力量，我既不被保護，會再多也沒用。」這也就是為什麼，她會被軟禁那麼久卻無法掙脫的原因了。

我用力點頭，拿紙筆回來寫，我覺得寫下來自己重複唸，會比較順。

等唸完一輪後，孕婦陣痛加劇，她開始慘叫，而我只能專心的在燭火堆裡，一遍一遍的唸著她教的經文，然後聽著外頭的風雨交加、以及一波波被經文燒去的怨靈的慘叫聲。

揮走一批，又來一批，那口古井就像通往地獄的通道似的，源源不絕的有怨鬼攀爬出來。

蕃茄熱水端不上來，原本上來要找我幫忙，卻發現我在唸經文保護大家，所以她聰明的找到繩子，用垂吊的方式，一個人分成多趟，吊了好幾盆熱水上來，擺滿了整間房間跟走廊。

鏡子裡映著的姐姐開始跟著尖叫，與孕婦的節拍相同。

這裡只有三個活人，我跟蕃茄，還有一個待產的孕婦，偏偏我們剛滿十八歲，完全沒有生小孩的經驗。

按照孕婦的指示，我們準備開始幫她接生。

她下體殷紅一片，染紅了被褥，也讓外頭的怨鬼們又餓又急。

『出來了出來了！一口吞下去！快點！美味的嬰兒！』

『先吃孩子再吃媽媽，啃到骨頭都不剩！我們就成功了，一切就結束了！』

孕婦開始生產，我不再有辦法專心唸經文，而時間不知不覺的進入子夜，我可以感受到壓力的逼近，以及邪惡力量的壯大。

「啊啊——」孕婦用力擠壓著，看起來痛不欲生。

然後，有個讓我毛骨悚然的力量，從井裡竄出來了！

我不由得回首看去，有東西要出來了、有東西要竄上來了——一道雷電打下，我看見了映在玻璃窗外的東西。

那是個標準的青面獠牙鬼，它的頭塞滿了整個窗戶，頭上長滿了尖角，有三對黃澄澄打轉的眼睛，血盆大口裡全是尖牙，沒有上下唇，牙齦與尖牙直接曝露在外。

我嚇得驚叫，只是孕婦的叫聲淹沒了我。

砰的一聲，青面惡鬼舉起了手，往玻璃重敲了一下！我寫的經文只能燒灼它的手，但是它不怕，再用力敲了一下。

怎麼辦！我驚慌的看向正在努力要把孩子生出來的孕婦，她的血越流越多，而蕃茄努力的想把孩子拉出來，到現在卻連頭都瞧不見。

我們帶來的毛巾擦紅了再洗淨，洗淨了又染紅，孩子彷彿是難產，就是出不來。

咚！這一次，屋子隨之震盪，蕃茄終於注意到了。

她分神抬首，看向玻璃窗在她面前裂了好大一個口子。

「宜庭？那是正常的嗎？」她血淋淋的手指向窗子。

「廢話！當然不正常啊！」我看著惡鬼換了另一隻手，再敲了一下玻璃窗，裂痕更大了。

「孩子……我的孩子……」孕婦開始哭泣，她似乎已經沒力了，「擠壓我的肚子！快點！」

「壓妳的肚子？」我嚇到了。

「我沒有力氣了，一定要把她推出來，再不出來……孩子會死的！」她無力的靠在我身上，癱軟得像灘泥。

孩子會死掉？這怎麼行呢？裡面是我的姐姐耶！

我趕緊看向鏡子，鏡子裡的姐姐，曾幾何時，全身已染紅。

「姐姐！妳不准死！」我氣急敗壞的喊著，立刻不顧身後玻璃窗的裂縫，將孕婦移到我懷間，雙手拚命的壓著她的肚子，「妳還是要用力啊！用一點力！」

孕婦隱約聽見我的話，向上抓住我的手臂，施了最後一次力。

她用盡生命的最後一次施力，我的拚命擠壓，終於在蕃茄發亮的神色中得到了希望——

「看到頭了！頭出來啦！」

鏗鏘！同一時間，我們都聽見了玻璃落地的聲響。

我不敢回頭，蕃茄雙眼發直的瞪著我後方。

「把孩子……拉出來。」孕婦氣若游絲的說著，她轉過了頭，越過我肩後，「只給妳們五秒鐘……」

「五……」蕃茄全身顫抖，她不知道看到了什麼。

的孩子。

「拉呀！蕃茄！」我甩下孕婦，衝到蕃茄身邊將她擠開，咬著唇把手伸了進去。我握到了孩子的肩膀跟手臂，然後用力的把她給拉了出來。

臍帶跟胎盤一起跟孩子滑出來，血腥味濃得讓我想吐，但是我現在在乎的，是沒有動靜

「哭啊！醒一醒啊！」我尖叫著，不知道為什麼哭了起來。

蕃茄爬了過來，拿乾淨的毛巾擦著孩子，用我們的圍巾包住她，這是個很漂亮的女嬰，一切都應該完美，只剩下她的哭聲了。

『好香啊……好香啊！那是我的食物，把她交給我！』一陣狂吼的咆哮，來到已經完全破裂的窗邊。

青面的噁心厲鬼正攀爬進來，它的身軀太過龐大，必須打破土牆才得以進入。

那既長又分岔的舌向我們伸了過來，我抱著孩子、蕃茄抱著我，同聲尖叫。

有一隻手，抓住了那滑溜的舌。

『好好照顧孩子。』輕柔的聲音傳來，『謝謝妳們了。』

我睜開雙眼，看見孕婦……的靈體，乾淨而美麗的站在我們面前，隻手抓住那竄溜的舌，微笑著。

透過半透明的她，我瞧見她躺在地上的軀體。

「不……不！」母親不該死的！事情不該是這樣的！

有別於我跟蕃茄的呆愣與哭嚎，那母親的靈體跟惡鬼開始陷入激戰，她看起來的確很厲害，跟惡鬼幾乎不相上下；蕃茄冒險把她的屍體抱在懷裡，不願任何溜進來的惡鬼褻瀆到她。

孩子還是沒哭，我喊了一千遍姐姐的名字，都沒有得到回應。

最後，某個東西從母親的手裡滾了出來。

是我給她的鈴鐺，堂弟交給我的，說有危急狀況，儘管搖鈴；我還沒搖過，也不知道有什麼效果。

手掌滾下的鈴鐺，極其輕微的，發出了一聲「叮」。

我懷間的孩子抽動了一下，下一瞬間，小小的嬰孩皺著鼻子，發出了震天價響的哭聲。

我這輩子沒見過那麼漂亮的靈光……每個人都有靈光，但是大小因人而異；許多人透出體外的只有一小圈，較強勢的人則會比較大圈，根據色澤也會有強弱與正邪之別。

而這個女嬰的靈光是金黃色的，一重接著一重從嬰孩的身上迸發而出，漸層的金色有九環，形成一個巨大的圓形，包裹住嬰孩——也波及了數以千計的怨靈！

雷電和著她的哭聲，連續不間斷的向下劈斬，金光所波動之處，小鬼們慘叫銷融，而不歇止的雷電，一記一記的劈破屋頂，擊上青面惡鬼的身。

雷電近在眼前，我跟蕃茄嚇得不敢睜開雙眼，我們只聽見可怕的淒涼慘叫，還有懷中嬰孩不絕的哭啼聲。

一直到空氣中傳來清明，我才敢睜眼。

雨水突然變小了，滴答滴答的從被燒焦的屋頂破洞滴下來，我們再也沒看見閃電，破裂的牆壁與碎裂的玻璃窗外，也看不見什麼惡鬼了。

我感受不到一絲一毫的邪惡氣息，我只知道懷中的孩子肚子餓了。

我跟蕃茄呆然的抱著她回到我們的房間，將母親的屍首整理乾淨，穿上衣服，讓她整齊的安眠；我不知道該給孩子吃什麼，只得讓她哭著睡去。

我的雙手手臂留下了孕婦最後一次用力的指甲傷痕，傷痕永遠的留了下來，成了我強大的護身符，這是後來的事。

我們捱到天亮，有別於昨夜的一場暴風雨，天空竟清朗得萬里無雲。

「有人說，偉人出生時，天氣都會異變。」蕃茄就著我們的窗戶，看著遠方的彩虹，「這個小女孩未來可能是不得了的傢伙喔！」

「那當然！她可是我的外甥女呢！」我看著睡得安詳的女嬰，同時也是我的姐姐。

「咦？妳的外甥女？」蕃茄錯愕極了。

「啊……我沒跟妳說嗎？她是我姐姐投胎喔！」昨晚太倉皇，我忘記跟蕃茄說了！即使我曾對著嬰兒喊姐姐，生死攸關之際，蕃茄也沒聽進去。

我沒見過堂姐，因為上回去萬應宮，堂姐正在國外渡假，那時的她也尚未有喜；寒假時回去時，她在婆家那兒，我有寒期輔導，一直無緣得見。

這一次，我是接到系主任的來信，才會來到這裡的……看樣子，那封信恐怕也不是真的，姐姐在鏡子裡說了，是她引我來的。

她知道有難了，能依靠的只有我嗎？其實萬應宮多的是人可以幫忙，但我很高興姐姐選擇了我。

當天下午，直升機的聲音出現在外頭，我跟蕃茄早收好行囊，直升機上頭是堂弟，他看見堂姐的屍體時很平靜，只說堂姐回去過了，大家也知道她犧牲自己，讓孩子活下來。

救難隊把我們帶上直升機，離開這個早已荒廢也絕無人跡的村子，堂弟守在堂姐的遺體邊，熟練的泡著牛奶，親切的說幸好我們搖了鈴，讓四方鬼神知道我們的位置。

我把孩子交給他，還有堂姐死前，放在桌邊的一封遺書。

她只簡單說了她愛大家，然後為我的姐姐、那正滿足的喝著牛奶的小嬰兒起了名。

「令葑蓮。」

《新生．完》

番外・魔鏡

唉，葉佳茹拿著筆在課本上胡亂塗鴉，總是在長吁短嘆，老師在上面講著枯燥乏味的課，同學們在下頭根本沒心聽，不是在課本下面壓小說、就是在傳紙條、不然就在神遊太虛，也有人根本在睡覺。

真是無趣的高中生活，真不懂得為什麼非得來學校念書？放了學還有補習、功課跟大大小小考試等待著，人生最寶貴的青春為什麼要浪費在這兒呢？

好想快點長大啊……她想去工作、想一個人住、想自由自在的愛幹嘛就幹嘛！交男友、跟朋友去PUB玩、沒有考試沒有門禁，還可以去聽Crazy樂團的演唱會，那該多棒。

下課鐘聲響起，葉佳茹才有一種回魂的感覺。

「啊……」隔壁的丁喬緹打了個哈欠，她剛剛上課都在硬撐。

「很無聊厚！想睡得要死。」葉佳茹打趣地說。

「是啊，這好難……但是不聽又不行。」丁喬緹拿筆記湊過來，「妳剛有聽懂嗎？老師說第三個例題是怎麼算的？」

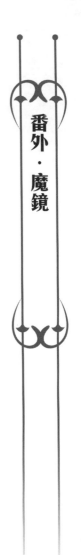

「我才沒在聽咧！理化好無聊，以後用得到嗎？」沒好氣的托著腮，「我們現在學的東西以後都用不到，為什麼要學？」

丁喬緹輕輕笑著，「誰說用不到的，每種學習都是有意義的。」

「最好是，妳以後什麼情況下會用機率？什麼時候會用牛頓什麼定律？」葉佳茹挑了挑眉，「誰說話用詩詞？誰管歷史怎麼樣？」

「我倒覺得每個都有用，數學是訓練邏輯，歷史國文是奠定文學基礎，牛頓定律是常識，不是一定要用到那些公式，而是一種潛移默化的基底。」丁喬緹說得頭頭是道，「總比長大後腦子空空什麼都不會好吧！」

「誰說不學就腦子空，學這些沒有用的知識才浪費，我有好多好多想做的事呢！根本不需要在這裡念書！」葉佳茹噘著嘴趴在桌上，「唉，真煩！」

丁喬緹只是笑著，看老師還沒離開教室，索性起身到前頭去請教老師適才不懂的地方。真認真！丁喬緹一向是成績好的學生，但成績好又不代表以後會多好，高學歷失業的還不是一堆？葉佳茹起身，下課時間動一動比較好，不然等等又得上無聊的課了。

她決定去福利社買點下午的零食，一個人從後門走了出去，打算左拐下樓，在左拐樓梯間平台那兒學校立了面鏡子，她還瞥眼檢查自個兒的服裝儀容後才下樓去。

鏗。

清脆的聲音引起她的注意，都已經下兩階的葉佳茹回首，看著牆壁立鏡前掉落的一面鏡子……咦？剛剛有那個嗎？

另一頭走來了其他學生，也是準備下樓的模樣，相同的注意到這面鏡子，狐疑的想要探身去撿。

「啊！那是我的我的！」葉佳茹趕忙搶白，上前一步到鏡子邊撿起。

好精緻的鏡子喔……葉佳茹拿起時才嚇了一跳，鏡子頗有重量，外頭是鐵做的還是什麼金屬吧，看起來很像電視劇裡演的那種古鏡，橢圓形的鏡子是青銅色，鏡緣鏡背都是雕刻，全是凹凸不平的圖，鏡有長柄，柄上刻的紋路較少。

有點沉，但是好美，鏡子是小了點，不過放進口袋裡還勉強可行。

葉佳茹細細撫摸著那鏡子，突然覺得好喜歡，只是不知道是誰掉的呢？鏡子的附近又沒有人，而且也不可能是有人從樓上掉下來啊，真要摔下來這鏡子早碎了吧？

左顧右盼，也沒什麼人在看她，葉佳茹默默的將鏡子放進口袋裡，柄長了點，但她只要也把手插進口袋裡就好了。

「佳茹！」丁喬緹從後門走出，「妳要去廁所嗎？」

「啊！沒有！我要去福利社買東西！要去嗎？」

「好哇！」丁喬緹點點頭，看來她的問題已經得到解答。

葉佳茹開心的握著口袋裡的鏡子，晚上回去再來看看，自己得到了什麼寶貝。

葉佳茹補習結束回到家已經九點半了，洗完澡回到房間，只覺得肩膀異常沉重累得要命，直想跳上床就睡，但是思及還有功課要寫，就益發更覺得學生生活實在太難受了！

坐到書桌前，興奮的把撿到的鏡子拿出來端詳……真的很漂亮，超古典的，這是銅？鐵？青銅嗎？摸起來冰冰涼涼的，上面的花紋超繁複，她一雙手就在鏡子的凹凸上摸來摸去，越看越喜歡。

而且不知道為什麼，用這面鏡子照起來，感覺人特別瘦。

邊走邊看著鏡子，朝著鏡子裡的自己眨眨眼，學起白雪公主的橋段，「這是魔鏡嗎？魔鏡呀魔鏡，你可以把我變漂亮嗎？嘻！」

門外傳來腳步聲，葉佳茹趕緊把鏡子擱在書下，仔細一聽才知道是大姐進房的聲音，呼！

確定沒事，再把鏡子拿出來時，她卻愣住了。

這誰？

葉佳茹不可思議的望著鏡子裡的自己，她臉上的痘痘怎麼都消失了？皮膚變得好白好細，眼睛變大不說，鼻子好像變得更挺，原本該矯正的牙齒居然變得平整亮白？

這是什麼？她看起來真的變漂亮了？

「真的是魔鏡？」葉佳茹瞠目結舌的望著鏡子，這種離奇的事情真的會發生嗎？她對這面鏡子突然感覺敬畏，起身往衣櫃裡鏡奔去，打開衣櫃的門瞧著鏡子裡的自己，依然是變漂亮的模樣，而且她根本瘦了一圈，胸部還變大了。

這應該不是幻覺吧？葉佳茹咬著唇，深怕自己陷入了什麼幻覺中！她立刻跑回書桌，拿起手機自拍一張後，直接 LINE 給丁喬緹。

戰戰兢兢的等待回應，丁喬緹迅速已讀回覆：『妳修圖開太大了吧！這樣變好正，但是不像妳了啊！』

不是幻覺！葉佳茹驚異的看向桌上那面鏡子，微顫的手拿起鏡子自照，這張臉……真的是她、但又不像是她。

「佳茹？媽切了點水果，要不要吃！」門外忽然傳來叫喚聲，葉佳茹一陣手忙腳亂！

不行！爸媽不會認得她這張臉的，太奇怪了……怎麼辦怎麼辦！她情急之下拿起鏡子，如果可以變漂亮的話，是不是也可以——「拜託讓我變回來！我不能頂著這……」

餘音未落，她的房門開了。

「來，今天買了日本蘋果，吃一點吧！」母親笑吟吟的走進來，將盤子擱在她桌邊，「還有很多功課嗎？」

葉佳茹啞然的望著鏡子裡的自己，抬頭對著母親點點頭，「還有兩樣，應該不會很久。」

「加油，辛苦了！」母親拍拍她的肩，轉身走了出去。

葉佳茹手裡依然緊握那面鏡子，攬鏡自照，看見的是滿臉痘痘、單眼皮的水腫臉加上微暴的牙齒，這是她原本的臉孔。

這一切過度神奇到難以置信的地步，葉佳茹深吸了一口氣，決定再試一次。

「我想，變成對面姐姐的樣子，上班族的模樣！」她不敢直接看，對著鏡子講完後便放下鏡子，懷著忐忑不安的心，走近衣櫃前的立鏡。

鏡子裡倒映出的是一個穿著合身套裝的女人，長髮，沒戴眼鏡，這張臉根本不是她，正是住在對面的大姐姐。

原地轉了一圈，身高模樣都一模一樣，真難想像這個魔鏡不但可以讓她變美，還可以變成……另外一個人？

不安心的再自拍一張，再度傳給丁喬緹，就擔心這一切只有自己的眼睛看得見。

『這誰？妳家有客人喔？』

丁喬緹認得出她自拍的地點是她房間，但是對她而言，照片裡的人是個陌生人。

我、的、天、哪！葉佳茹看著手裡的鏡子，她是撿到了什麼要不得的東西啊！

YES！這鏡子可以實現願望嗎？可以讓她變成任何想變的人……葉佳茹簡直欣喜若狂，她可以用這面鏡子做所有想做的事情了！萬歲！

度過了熱鬧的星期五，終於來到週休假日，葉佳茹前晚幾乎徹夜未眠，今天的背包裡沒放書，反而放滿了衣服跟化妝品，另外再多提一個袋子，是偷買的高跟鞋。

她跟爸媽說今天上午要跟丁喬緹出去玩後，就要順便跟她一起去她新竹外婆家，度過兩天一夜的假期。

原本爸媽不肯，但是她昨天上午化身成丁喬緹，親自登門拜訪邀約，礙著人家當面邀請、又是好朋友，爸媽最後也首肯答應了。

「佳茹！妳快遲到囉！」樓下媽媽正在呼喚。

「好！就來！」葉佳茹小心翼翼的把寶貝鏡子放進包包裡，望著牆上 Crazy 樂團的海報，忍不住送了個飛吻！

「我就來了！Crazy！等我喔！」

她一直很想去參加 Crazy 樂團的演唱會，只是演唱會辦在遠在車程六小時外的另一個城市，且門票根本秒殺，別說買不到了，爸媽原本就不准她去；因為那個重金屬樂團常有許多「負面新聞」，但是對葉佳茹而言，那才是真率性啊！

滿身刺青，誇張的化妝特效，恣意瀟灑的行為，這些都被爸媽視為不良份子，但是他們從未做違法的事，只是率性的做自己，歌又超好聽的，若非如此，怎麼會造成數場演唱會迅速秒殺的情況呢？

她實在好喜歡好喜歡 Crazy 喔，尤其是主唱J，實在太迷人了！只是她討厭最近跟他傳緋聞的女友小雪，雖同是歌手，但小雪完全就是做作型的女人，真難想像J會喜歡那種人。

沒關係，她只要專心的想著J——即將可以見到了！

吃完早餐，匆匆離開家門搭上捷運，但她當然沒有跟丁喬緹會合，去新竹畢竟只是一場騙局，她轉向直接去火車站，把多餘的東西全塞進置物櫃裡，她打算直接就坐車去演唱會那兒，住一晚後就能參加明天的首場演唱會。

揹上側背包，清點著自己的積蓄，錢雖然不多，但是依然綽綽有餘，因為……她瞥了包包裡的鏡子一眼，她還有鏡子吶！

進場方式她早就想好了，她根本不需要買票！

等待著火車，牆上的電視播報著令人不齒的新聞，同一所學校的老師行為不檢，女性教務主任竟在學生班級前脫個精光裸奔，男性老師當著眾多女學生的面對某個學生上下其手，而且至今堅不認錯！

葉佳茹竊笑著，他們當然不會認啦，因為老師跟主任真的沒、做、那、些、事、喔！

懷著雀躍的心情上車，她只買了短程票，萬一遇到驗票，只要化身成車廂服務人員就可以了，根本不怕查票。

坐在靠窗的位子，把手放在包包裡細細把玩著鏡子，指尖撫著花紋，不敢拿出來是怕摔了它。

她覺得……有這面鏡子可以做很多很多事，不管好的壞的、違法的合法的，全部都不會歸在她身上！

就像昨天在學校她演的好戲一樣！她一直很討厭教務主任，趁著主任去洗手間時，幻化成主任模樣的她，就在附近的走廊上大跳脫衣舞，光明正大在走廊上脫個精光，裸奔後直衝到正牌主任待著的洗手間裡，再回復成原本模樣。

教務主任走出廁所時，完全不知道發生什麼事，卻百口莫辯！

這種感覺實在很痛快，因為丟臉的不是自己，就覺得放得極開，脫光一點都不怕。

不管主任事後再如何辯駁也沒人相信，因為有人錄影了，畫面裡脫衣服的就是她，她再歇斯底里、再說自己不在現場，都難逃影片上傳及社會公斷的命運。

葉佳茹笑了起來，她得意非常，拿出手機滑動著，接著她在放學時，又製造了另一個新聞；數學老師很愛找她麻煩，所以她趁著他隻身在辦公室的空檔，先確定四下無人後，利用鏡子化身成老師，對不認識的同學進行了嚴重的性騷擾——還當著很多女生的面。

緊接著再一路往辦公室逃逸，趁機變回自己，從容的路過辦公室時，看見數學老師正傻傻的在裡頭整理皮包，準備回家的模樣。

沒有任何監視器，但走廊上每個女生都是證人，直接扭送法辦，爽快！

這真的太有趣了，葉佳茹滿足的摸著鏡子上的花紋，這面鏡子對她助益良多，多到說不定她再也不必念書了、也不必工作，她可以善用這面鏡子做非常非常多事情。

不過在此之前，她要先去聽 Crazy 的演唱會！

斜前方一個男子頻頻回首，幾乎是葉佳茹一上車他就狐疑的望向她，遲疑了好一會兒，終於忍不住起身走了過來；平日的車廂裡沒什麼人，位子其實很空，葉佳茹身邊並沒有坐人。

「同學，可以打擾妳一下嗎？」

「咦？」葉佳茹抬頭，是個戴著眼鏡，相當斯文的男人，「有事嗎？推銷就不必了，我沒有錢。」

「不是，有件重要的事想跟妳說。」男子頓了頓，瞥向她的包包，「妳帶了一個危險的東西對吧。」

喝！葉佳茹怔住，瞪大眼睛望著男人，一時之間說不出話。

畢竟還是高中生，沒有這麼靈敏的反應，一切實情都寫在臉上，男子坐了下來，刻意坐得很靠走道，不與葉佳茹有身體上的接觸。

「我不懂……」她到現在才想開口。

「不急，妳不知道那是不好的東西，但一上車我就感覺到了。」他慢條斯理地說著，「那是邪物，不屬於世界上的東西，上面承載了太多悲泣與哀鳴，許多慾望的靈魂都在裡頭，只是妳聽不到。」

葉佳茹不由得發顫，這人在說什麼啊！「你在、你在嚇我嗎？」

「我無緣無故為何要嚇妳？我們素昧平生吧？」男子輕哂，相當俊秀，「完全不認識的人，我怎麼會知道妳帶了什麼？」

「你、你是要什麼……啊我知道了！消災解厄，所以要跟我訛詐……」葉佳茹謹慎的緊抱住包包。

「不是每個人都是壞人，小妹妹。」男子笑了起來，「況且妳那個東西不是消災解厄就好的。」

「什、什麼？」

「那不是妳能處理的，我也不知道能不能處理，一般我會建議把東西交給我……但是……」男子目光移到她包包上，「我不知道自己有沒有辦法解決它，如果我是妳，我會拿到廟裡去，不要再使用它。」

開什麼玩笑！葉佳茹緊緊抱著包，交給他？交給廟？這麼好用的東西她幹嘛拱手讓人！這個男人好奇怪，為什麼會知道她有鏡子……不，他不知道裡面是什麼，一定是在誆她。

男子彷彿看出她的表情，只是搖頭，「我不跟妳拿，妳要記住別再使用，使用它絕對不會有好下場。」

「我聽不懂你在說什麼。」葉佳茹已經打定主意了，裝死。

「這是緣分，我遇到了就該跟妳勸阻，如果妳要繼續使用我也無法阻止，只希望妳不要後悔。」男子自口袋裡拿出一張名片，「萬一發現任何問題，妳可以打這支電話給我。」

葉佳茹皺眉，就知道是什麼推銷！默默點點頭，她還是接過名片，男子便起身，往前回到他的位子坐下。

姓賀啊……萬應宮？這是廟嗎？哇塞，廟也有名片喔！她抿了抿唇，原本想把名片揉掉，但思考一會兒還是把它收進了皮夾裡。

只是面鏡子，好，魔鏡……她用到現在也沒怎麼樣啊，胡說八道。

她搖搖頭，不要亂想了！這種寶貝絕對不能讓人，她的未來全得靠它呢！

葉佳茹度過了瘋狂的一天，她抵達演唱會的地點，看著帆布圍起來的現場，正在架設工事，她變成工作人員跑進去溜達了一圈，還看見了Crazy的彩排，雖然不能尖叫，但她卻超級滿足。

在被丟一堆工作後，她趕緊溜出現場，原本想找間旅館住下，但附近旅館幾乎都被訂滿，所以她最後住進高級飯店——當然是用大人的模樣，出門前她偷了媽媽的身分證；中途用別人的模樣趁機偷了輛機車，晚餐就到大賣場去大肆搜刮，她變成超市員工大搬物品也沒有人會質疑，從員工出入口大大方方離開。

回到飯店時，她觀察著櫃檯人員的動作，思考著要怎麼樣可以多住幾晚又不花錢，怎麼樣拿到櫃檯後的鑰匙。

櫃檯人員太少，沒有太多機會。

算了，她的錢還夠付旅館費……沒錢時再來想辦法吧，就算去偷去搶也沒關係吧……只要不是以自己的模樣都沒差！

「哎呀！怎麼讓我撿到你呢！」葉佳茹仰躺在床上，對著鏡子裡的人笑，「想想還能用你來做什麼呢？」

咦？剛想到錢對吧？要怎麼樣利用這面鏡子去搶錢呢？

葉佳茹坐起身，使壞的心越來越強烈，她決定不再想，而是直接出門，見機行事！

披上外套，她離開飯店走向大街，時間已近午夜，路上的確沒什麼人，她刻意戴起帽子，不讓人看清楚她的模樣，老實說現在能弄錢的地方只有便利商店，還有路人……

是啊，路人。

葉佳茹覺得自己的勇氣在無形中上升，為了明天的演唱會，不少人都已經先到附近入住，身上帶有不少現金也是常理之事，她索性在路邊先站著，假裝在滑手機，一邊打量從便利商店出來的人。

看見兩個女生嘻嘻哈哈的帶著零食走出，看起來是大學生，怎麼樣都比她有錢吧？對面的流浪漢已經蜷在巷子裡睡了，一下午都賴在那兒，她看了他好幾回，樣貌記得清清楚楚。

那麼，就變成那個流浪漢的樣子吧。

口袋裡緊握著刀子，她一邊跟上女大學生，直到她們轉進了某條巷子裡，毫不猶豫的拿出美工刀，就往其中一個短裙女孩的背部抵去。

「噫！」女孩嚇得想尖叫，葉佳茹立刻勾住她的頸子，這個流浪漢身高好高啊！

「不許叫！」她把刀尖抵在女孩的脖子上，瞪著另一個掩嘴的朋友，「把錢交出來，我就不傷害妳們。」

「我、我們……」女孩顫抖著，「我們沒錢……」

葉佳茹使勁一勒手上女孩的頸子，刀尖往肌膚裡刺出血紅，「交出來！」

「啊……嗚嗚，給他！快點給他！」臂彎裡的女孩全身發抖，葉佳茹完全能感受得到她的恐懼。

掌握人的生死，原來是這麼簡單的一件事啊！

那個朋友把皮夾拿出來，葉佳茹再令她拿出被威脅這個女學生的錢包，她不要其他東西，要求她們把鈔票從皮夾裡拿出來……一整疊千元大鈔，還敢說沒錢？

「妳們，轉過去，往前走五十步才可以停下來，邊走邊數。」她推開手上的女學生，「我就跟在妳們身後，誰敢回頭，我就折斷她的頸子。」

女學生們雙腳抖到幾乎都站不穩了，淚水拚命滑落，一步步的往前走。

「數大聲點，聽不見！」葉佳茹粗嘎的說，這流浪漢聲音真難聽。

「十、十一、十二……」

葉佳茹緩緩後退，疾速的跑出了那條巷子，刀子迅速收入口袋，錢也塞妥，耳邊聽著女孩子們的數數聲，趕緊拿出鏡子來：「我要變回原來的我。」

嘻！一個轉身，輕鬆寫意的往前走，就算現在那兩個女大生追出來，也永遠追不到她了！

超爽的，一下子就賺到幾萬元，而且那兩個女生就算去報案，也只會指控那個早就睡著的流浪漢了！跟她完全沒有關係！耶！

葉佳茹只差沒有唱歌跳舞，她打算去便利商店把最想要的那些指甲油都買下來，再買瓶酒吧，她一直很想喝喝看調酒是什麼味道！

叮咚，走進便利商店，櫃檯值班人員抬起頭很明顯地看著她，臉上露出有點為難的眼神，這讓葉佳茹有點不自在，奇怪……為什麼要這樣看她？她又沒做什麼？

還是剛剛刺傷那個女學生的血沾到臉上了？葉佳茹緊張卻得裝作若無其事的往飲料櫃去，希望藉由玻璃的倒映確認一下自己的臉上，該不會有血……跡……

她沒有變回來。

葉佳茹望著玻璃裡映著的流浪漢的身影，她剛剛明明已經對著鏡子說過了，為什麼沒有變回來！

她沒有心情買東西了，匆匆忙忙的轉身就往門口走去，櫃檯人員依然盯著她……不，是盯著那個流浪漢！她得再找個地方，重新許願才行！

只是一走出便利商店，就看見那兩個女學生衝出了巷口！

跑！葉佳茹不假思索的立刻回身狂奔，就算她不知道能跑去哪裡，總之跑就對了！

「搶劫！那個人搶劫！」女學生的聲音拔尖迴盪在路上，「救命！那個流浪漢搶劫！」

不要！為什麼還沒變回來！葉佳茹嚇得看見巷子就鑽，但是前方剛剛已經有幾個大男生注意到他了，立刻追了上來！

「站住！站住！」男生跑得好快，眼看著就快追上來了！

「搶劫還敢跑！」

廢話，她當然要跑啊！葉佳茹突然看見左邊有條小巷，二話不說即刻鑽了進去，一鑽入再右轉、左轉，裡面九彎十八拐的，葉佳茹幾乎快要跑不動了，聽著後面足音依然緊追不捨，這些人是怎樣啊！

又不是搶他們！

「喂！」

葉佳茹氣喘吁吁的跑出大馬路，才發現路又連回了原本的大街上，她有點迷茫的分不清楚方向，只看見剛剛那間便利商店在斜前方。

「同學！」肩上猛然一個重擊，「妳剛剛有沒有看見一個流浪漢跑過去？」

咦？葉佳茹連尖叫都忘了，呆愣的看著陌生的男學生面孔。

「怎麼了？」後面幾個男生跟著跑來。

「一跑出來就不見了，也跑太快了吧！同學，妳有看見嗎？」

葉佳茹緩緩的指向前方，那個流浪漢原本就睡著的地方，「他好像從便利商店再下去那個巷子轉進去了。」

「好！走！」男學生吆喝著，一群人跟著奔離，葉佳茹下意識往旁邊退了一步，看著殿後那兩個女大生也跟著掠過她的面前。

「嘿！謝謝！」頸子上有傷的女學生還朝她道謝。

葉佳茹心裡興起一種詭異的喜悅，「不會！」她大方的說著。

有趣！真是太有趣了！葉佳茹重新走進便利商店，取下架上所有的指甲油，帶了瓶冰火，哼著歌結帳離開；走出便利商店門時，前面正圍了一大群人，又叫囂又動手的，她默默的自旁邊繞過去，看見那個流浪漢被一群學生打倒在地，女學生尖叫著要他還錢，而警笛聲由遠而近。

葉佳茹從容的經過他們身邊，得意的泛著笑容，只要想到剛剛女學生還對她道謝，就有種莫名其妙的驕傲。

很惡質，她知道，但為什麼這麼令人開心呢？

回到房間扭開冰火，灌了一口後被嗆得要死，趕緊再喝下半瓶開水解掉酒精味，她喝太大口了，還是得慢慢喝為宜。

一個人坐在旅館房間的床上，聽著街道上的騷動，她漸漸靜下心來，想起剛剛發生的事。走到梳妝鏡前，裡面是再正常不過的自己，可是剛剛她許願後，卻沒有立刻變回來……

這麼說來，下午變成工作人員混進舞台場地時，好像也隔了幾分鐘才回復。

從包包裡拿出鏡子，這有使用次數限制嗎？還是一天不能超過太多次？

該不會是因為她拿去做壞事吧？葉佳茹皺著眉仔細看著鏡子上面的花紋，越看，她越覺得跟課本上某一頁的文字很像。

思忖了一會兒，她拉開抽屜拿出白紙跟鉛筆，在鏡子背面拓印，把所有花紋都拓下來後，直接拍照給丁喬緹看，LINE送出。

『知道這是什麼嗎？』

『嗄？什麼東西？』丁喬緹不解。

『我撿到一面鏡子，上面有這些花紋，可是妳有沒有覺得又有點像字？』

『我看看喔……有點耶！』

『可以幫我研究一下嗎？』

『……喔，不就一面鏡子居然這麼認真？』

『拜託啦！我覺得跟課本裡的字好像，可是不記得在哪裡看過。』丁喬緹的功課比較好。

『課本嗎？好！我找找再告訴妳。』

葉佳茹這時就會覺得有功課好的朋友還不錯，看，誰說要自己念多少書，反正問人就好了。

從口袋裡拿出一大疊錢，算一算兩萬元，對一個高中生而言，這已經是天文數字了！好整以暇的放入皮夾裡時，葉佳茹看見了隨手塞進去的名片。

『一旦覺得開始有問題，請隨時打電話給我。』

她喉頭緊窒的望著名片、再望著鏡子……只是遲了幾分鐘，應該、應該沒什麼吧？現在打給賀先生的話，一定會叫她把鏡子拿去廟裡或幹嘛的。

她當然知道這種「神奇的鏡子」鐵定不太尋常，但說是邪物未免太過分了。

這樣好了，葉佳茹把名片塞回皮夾裡，只要看完明天的演唱會，她就打電話給這位賀先生說鏡子的事情。

對，就等明天，只要她看完 Crazy 的演唱會，她也就心滿意足了。

演唱會是極大的盛事，一到中午時分大批的人潮就擁進這個小城市，傍晚前幾乎就抵達體育館準備進場；葉佳茹早決定一如前天般，化成工作人員先入場，再變回自己，大方的擠進搖滾區。

只是內心難免忐忑，想起昨天晚上的事件，希望這次變回來時能快一點！演唱會人潮洶湧，而且還有許多偏激的歌迷、抗議者高舉的「小雪滾蛋」、「妳配不上我們偶像」的牌子，還有人甚至穿著印有「小雪去死」的T恤，可見J的新歡多受大家討厭。

事實上葉佳茹覺得J想跟誰談戀愛是他的自由，大家何必這麼激動？又不是自己交往的對象，就算小雪惹人厭，但她就是討J喜歡啊！

她當然也會失落，但只要J覺得好，她就覺得好了。

今天會這麼嚴重，只怕是因為這場演唱會有神秘嘉賓，有傳言說小雪會以女友的身分參與第一場，所以這些歌迷氣得要噓她的吧？

葉佳茹環顧四周，昨天她已經進去過了，大概知道有哪些工作人員，她特別留意在外頭整隊的其中一人，此時，他才剛走出來，正往西翼走去，她知道那個人叫小陽。

「把我變成小陽吧，魔鏡。」她對著鏡子說，「拜託這次變回來時要快一點喔！」

放下鏡子，她總是給自己幾秒鐘的時間，再看向鏡子時，已經是那個大男生的模樣！好！她從容自若的從員工通道口進入，也跟同事打招呼，昨天她已觀察過負責外場的人，甚至也偷聽過他們開會，關於今天誰負責哪個區塊、怎麼運作整隊的事。

觀眾已經湧入，葉佳茹只消趕緊找個地方變回自己，搖滾區是沒有座位的，她要擠到前面去找個好位子。

好不容易看到個角落，她拿出鏡子，許了讓她變回原來模樣的願望。

「小陽！你快去看一下燈具，確定一下是不是OK，有幾盞不亮！」突然有人吆喝著。

咦？葉佳茹直起身子，望著自己碩大的手，果然又還沒變回來！怎麼這樣……她還是趕緊應聲，免得被發現破綻，昨天從流浪漢變回來花了五分鐘吧？所以她只要熬過五分鐘、只要五分鐘就好了。

燈具？她慢慢走著，她懂那個人在說哪個燈具，昨天小陽是負責……啊！她知道了，葉佳茹趕緊走向最後面的幾盞投射大燈，她有印象小陽昨天是負責這裡的架設，他巡過幾次電線。

所以她依樣畫葫蘆，也開始檢查電線，一拉一扯，確定有沒有插妥……慢慢來，只要熬過五分鐘。

「燈具哪裡有問題？」突然間，高昂的聲音傳來，跟著有人奔了過來。

「上面那排不亮！」

「吼！」對話的那人近在咫尺，葉佳茹倉皇抬首，立刻跟對方面對面。

宛如照鏡子一樣啊，他們在彼此的眼裡，映照與彼此一模一樣的臉龐。

在這個瞬間無人言語，真正的小陽也只是瞠目結舌的看著眼前的人……「怎麼……」

跑！葉佳茹二話不說即刻扭頭就跑，在小陽反應過來之前！

「喂——攔下他！攔下他——」小陽反應很快，立刻指著葉佳茹的背，朝著別人大喊。

「怎麼回事！不要引起騷動！」有人緊張的低語，用無線電傳遞著，演唱會歌迷這麼多，不能引起不必要的混亂。

「那個人長得跟我一模一樣！有問題！那個人不是我！」

葉佳茹哪給他們這麼多機會，趁著湧進的人潮，她一一閃躲，摘下工作人員專屬的醒目紅金色帽子，趕緊混入人群中；附近的工作人員原本想找她，但一旦進入人群裡就遍尋不著。

這時候大家都在忙碌，她刻意往後台去，雖說外面有人在找她，但一時半會兒還傳不到這兒來，因為沒人知道她跑回後台了。

後台有工作人員專用的洗手間，葉佳茹看準一間女廁，立刻鑽了進去。

「天哪天哪！」她拿出鏡子不停望著，「快點變回來啊！快點……」

鏡裡依然是小陽的模樣，葉佳茹慌張的看著錶，已經十分鐘了，她卻絲毫沒有任何變化！

聽著外頭的忙亂，一時之間不會有人留意到這間廁所始終有人，因為幾乎每個人都在為即將開始的演唱會做準備。

「小雪來得及嗎？」

「好像勉強能趕到第七首歌，路上塞得很嚴重！」

「真是的……好，調整一下，去跟J他們說！」

「那個服裝！服裝，這邊有問題！」

外頭忙碌依舊，葉佳茹一個人躲在窄小的廁所裡，不知如何是好，也不能跟誰求救……賀先生！對！可以跟賀先生說！

她拿出口袋裡的名片，其實她早有預感，所以才把名片帶在身上的對吧？葉佳茹發抖的手想撥號，但此時 LINE 突然闖了進來，是丁喬緹。

『葉佳茹！妳居然騙妳媽說妳要來我家？』

糟糕！葉佳茹趕緊把手機調成無聲。

『妳媽剛剛打來給我了，問我妳在不在，說打電話妳都沒接！妳怎能這樣做！說什麼我邀妳到新竹玩！』

『對不起！我忘了跟妳說了……那妳怎麼跟我媽講？』

『妳說呢？我當然說妳在廁所啊！妳現在在哪裡！』

『我就知道妳對我最好了！』葉佳茹趕緊送出幾張親吻的貼圖，『我現在在 Crazy 的演唱會這裡！』

『葉佳茹！妳跑去……哇，妳哪有這麼多錢？妳不是沒買到票嗎？』

『反正我……』葉佳茹原本想編個藉口的，但是看著鏡子裡的自己，依然是小陽的模樣，只是叫她更加心慌。

深吸了一口氣，她決定把鏡子的事和盤托出，還有現在完全變不回來的慘況。一口氣傳出去，LINE 顯示丁喬緹已讀不回，她能理解丁丁或許正在消化她說的話，畢竟這件事是多麼光怪陸離。

『妳在跟我開玩笑嗎？』良久，丁喬緹傳來這封簡訊。

葉佳茹乾脆自拍，直接傳給她看，『這是我現在的樣子，時間已經超過一小時了，我還沒有變回原來的我。』

丁喬緹又沒了回應，葉佳茹只有一個人蹲在裡頭，眼淚還是忍不住撲簌簌的掉……千萬不要現在放棄我，丁丁！拜託，千萬不要！

『妳立刻打給那個賀先生！』丁喬緹突然再度傳訊，『我去幫妳看昨天那個鏡子上的文字！記住，答應我不再使用鏡子！』

『我保證！』

『那好，我要去解文字了，妳快點打！』

打……葉佳茹拿著手機開始一個個的按號碼，拜託一定要通，一定要接通啊——

『喂，您好。』

砰砰砰砰——門外突然傳來急促的敲門聲，「誰！裡面是誰！」

喝！葉佳茹驚恐的回首看著門，全身無法自制的發抖，那是小陽的聲音！

「你在裡面很久了！現在沒有人在上廁所的，我們清點過所有工作人員了！滾出來！」小陽使勁的敲著，「我知道就是你，長得跟我一模一樣的人！」

「再不出來我們要把門撬開了喔！」

不不不不——葉佳茹焦急的看著鏡子，快點變啊，變回來啊！拜託，她不能這個樣子被發現的。

不對，就算變回來被發現也不行，她會被趕出去的……沒有門票、跑進後台的可疑份子，她會被帶離這個夢寐以求的演唱會，甚至會進警局！

「小雪……變成小雪！」她對著鏡子低吼，「拜託立刻讓我變成小雪！」

『住手！妳不能再使用了！』一陣微弱的吼聲自手機傳來，嚇得葉佳茹一跳，她盯著手機才發現，電話剛剛接通……但來不及！

「我不得不這麼做，賀先生……等這邊解決了，我一定立刻打電話給你！」葉佳茹哽咽的說，「對不起！」

她慌張的收起手機，聽見外面真的傳來工具聲，手忙腳亂的再度拿起鏡子，她瞪圓了雙眼。

「幹什麼！」

門栓拉開，纖手推開廁所門，「我上個廁所都不行嗎？」

站在外頭的小陽跟一票工作人員全部傻在原地，呆愣得不知所以。

「小、小雪？」

濃妝豔抹的女孩穿著全白的極短洋裝，踩著紅色高跟鞋，倨傲的睨著他們。

「妳……不是說會晚點到嗎？」

「行程不能變的嗎？」身為忠實歌迷，對討厭的J女友自然知之甚詳。

「可以可以……」場控立刻壓住無線電，「報告，小雪抵達，小雪抵達！」

小陽他們頻頻道歉，葉佳茹淡淡的撇過頭，接著大家開始簇擁著她，生怕她跌倒似地攙扶著！

「HONEY！」突然間後面一個環抱，葉佳茹根本措手不及，立刻被人摟住了腰，拽過半圈，唇上立即一片濕熱。「妳給我驚喜啊！」

噢噢噢噢噢！是J！葉佳茹整個人都快昏過去了！她她她在J懷裡，他還吻了她耶！

「是啊！」她興奮到連聲音都在顫抖。

「真高興能在開演前看見妳！」又一個吻落在唇上，「一切就按照之前排演，我唱到第三首時妳再出來！」

演出？葉佳茹腦袋一片空白，「嗯！」

「要開始了！就位！」後場大家催促著，前面的歌迷們已經在那兒大喊：「Crazy、Crazy、Crazy！」

表演？對啊，小雪也是歌手，身為嘉賓，一定是要跟J合唱，甚至會有搖滾舞蹈……可她不會啊！

「小雪請坐。」工作人員積極的送上茶、外套與椅子。

「謝謝。」她茫然的坐了下來，第三首歌……最多十五分鐘後，她就得上台去？

不行！她不會唱歌也不會跳舞！

葉佳茹開始全身發抖，她不能硬撐，得想想別的辦法……至少她知道一點，要變回自己需要比較久的時間，但是再變成另外一個人卻可以很快。

雖然不知道要什麼時候才能變回自己，至少她不能是小雪！

思及此，她即刻站起身——逃！

「小雪，妳要去哪裡？」才轉身準備離開，就有人叫住她。

「嗯……我講一下電話。」她瞥向舞台，「還有一陣子吧，我一下就回來。」

「好，盡快喔！」工作人員邊說，一邊狐疑張望，奇怪，小雪的經紀人呢？

高跟鞋好難走路喔，葉佳茹力持鎮定的往演職員出入口走出去，現場已經開始了，Crazy樂團正在聲嘶力竭的演唱，通常唱完第一首，會有一段問候跟自我介紹。

葉佳茹慌張的想離開這個演唱會，或許她應該扮成別人，但是現在沒有比這個更能自由進出的身分了！

「小雪？」沿路的工作人員都很吃驚，「妳……」

「閉嘴。」她用小雪慣用的惹人厭態度說著，一路往外頭走去。

離開離開，遠離這個她曾經夢寐以求的場地，現在她居然只想要逃！高跟鞋讓她的腳扭了好幾次，她還是疾步的朝大馬路而去，等遠離了這裡，她就變成丁丁的樣子！

「喂——」

冷不防的，居然有人扳過她的肩膀，粗暴的扯著她。

「咦？」葉佳茹錯愕的回首，看見拽著她的人的身上，穿著那件小雪去死的T恤。

「果然是妳，剛剛還以為我們看錯了咧！」三、四個人冷不防的包圍住她，「妳不是嘉賓嗎？現在溜出來做什麼？」

「好哇，妳該不會是想讓J出糗吧！」

「不是……我……等等！你們聽我說！」葉佳茹慌亂不已，她得趕緊變個樣子！

「憑什麼搶我們的J啊！」根本沒人聽她說話，這群鐵粉原本就是偏激派的！

「妳這醜八怪，滾離J身邊！」

她必須逃！一定要給自己落單的時間，快點變成丁喬緹的樣子！

「妳根本配不上他！」

女孩尖吼著，手上拿著一瓶東西突然朝她潑了過來。

椎心刺骨的痛，立刻襲上了葉佳茹的臉——「呀——」

她的臉開始冒煙了！葉佳茹雙手捧著臉，他們、他們居然潑藝人鹽酸！

「啊啊……啊——」葉佳茹尖叫著，痛苦的跪上地。

「喂，怎麼這麼嚴重！不是鹽酸而已嗎！」

「我怎麼知道……走！快走啦！」

「等等，拍張照再走！」他們蹲下身，對著她的臉拍照。

很快地，那群反小雪的人就這麼跑了，葉佳茹痛苦的在馬路邊打滾，附近人煙稀少，因為這裡若沒演唱會，本身就是個荒僻的地方。

「喂——妳沒事吧！」斑馬線的對面，有人在喊著。

沒事！沒事……葉佳茹咬著牙從包包裡拿出鏡子，她可以變的吧？變成丁喬緹就好了，就算這張臉被腐蝕了，丁丁的臉該是完好如初的，應該、應該也不會變得很醜對吧！

可是實在太痛了，她拿不穩鏡子的手柄，鏡子就這麼從她手裡滑落，彈上了人行道的邊緣，往馬路上摔去。

「不——」她掙扎著要往前接，但怎麼比得上地心引力的速度。

鏡子落地，鏗鏘聲起，鏡面應聲而裂，碎成了好幾塊。

葉佳茹瞪圓了雙眼，突然感受到一種奇異的感覺自身體裡傳來——劈啪……她的臉從額頭開始裂開，蔓延到身體、手、腳，一如眼前破裂的鏡子般，她的身子竟然跟著裂開了！

「為什……」血從裂縫裡開始噴出，但是刺耳驚人的喇叭聲卻自左方傳來。

叭——煞不住的車子高速撞上跪在馬路上的葉佳茹，將她整個人撞飛，對面的目擊者親眼看見，撞上的那瞬間，車子像撞上一大片紅色的油漆一般。

飛上去的是一大灘血，幾乎看不見人啊！

「怎麼回事！撞到人了！」

「快打 119！是個女孩……我的天哪，怎麼這麼多塊！」

「快點啊！」

「鏡可遂其願，化身為他人，唯隨次數之增，回復時間俱進，一刻乃至於一炷香、乃至三炷，至數日、數月、數年不止。唯鏡不可損，鏡損則人損，切記。」

丁喬緹看著手裡抄寫的文字，她好不容易才查出來的字，卻已經來不及了。

隔壁的位子已空，葉佳茹今天火化，碎成十數塊的她勉強才找回全屍，雖說是車禍所致，但是每一處裂口卻乾淨得如同刀割，不像車禍該有的撕裂傷。

她不被葉佳茹的父母親所諒解，因為她幫忙欺瞞，這她只能道歉；但是他們指證歷歷說她親自登門拜訪，說服他們讓葉佳茹去新竹這件事情，她矢口否認。

幸好那天她是值日，老師可以證實那時她已經在學校了，否則那真的是百口莫辯！葉爸爸、葉媽媽無法解釋那天到家裡來的人是誰，但是丁喬緹卻相信了葉佳茹所說的一字一句。

那面鏡子，讓佳茹變成她去說服自己爸媽的嗎？

後來發生什麼事她不清楚，但是媒體著實混亂了一陣子，因為小雪似乎鬧出了雙胞，有人說演唱會前小雪就到了，但是那天小雪真的到快演唱第七首歌才抵達；反小雪粉絲團的人炫耀著他們拿鹽酸潑灑小雪毀容成功的勝利照片，但是小雪卻依然豔光四射的在舞台上與他們的偶像卿卿我我，熱歌勁舞。

然而，葉佳茹的臉卻有著被鹽酸毀去的痕跡。

太多謎團、太多令人費解的事，她覺得都在那面消失不見的鏡子上。

收屍後，她協助清理遺物，現場完全沒有看見葉佳茹說的那面鏡子，那面以文字為裝飾的鏡子消失無蹤。

光解出這些文字，她就覺得毛骨悚然了，加上有位賀先生也曾警告過佳茹那是邪物，只是她沒信……或是貪戀鏡子的力量，來不及信。

鏡子沒找到，但是她倒是找到了賀先生的名片，幾番聯絡，確定了佳茹沒對她說謊。

鏡子呢？只怕摔碎了，所以葉佳茹跟著碎了……鏡毀則人亡。

至於殘骸，賀先生說了，本為邪物，再度奪走一條人命後，隨處可消，隨處可見。

唉，丁喬緹沮喪的步出教室，失去好友著實令人難受，而好友的死因更是叫她難以接受。

什麼鏡子？什麼邪物，世界上怎麼會有這種東西！

鏗。

清脆的聲音陡然響起，丁喬緹挺直了背脊，都已經走下兩階的她回首，在樓梯間牆壁立鏡前的角落，竟然掉落了一面鏡子？

丁喬緹皺眉，緩緩上前，拾起了那面鏡子。

精緻的鏡子，青銅材質，頗有重量，圓鏡握柄，自鏡緣到背後全都是雕刻圖案——她該熟悉的雕刻圖案。

丁喬緹仔細閱讀鏡後的訊息，跟她口袋裡那張紙的文字，不謀而合。

就是這面鏡子！害死了葉佳茹！可以變化成任何人啊……丁喬緹握著鏡子，小心翼翼的照著自己，佳茹說可以變美、可以變成別人，教務主任跟數學老師都是她害的，她甚至還進行搶劫。

如果善用這面鏡子，丁喬緹喉頭一緊，只要謹慎規劃一票大的，她就不再使用的話——

丁喬緹緊緊握著鏡子，泛出了微笑。

結局二：

如果善用這面鏡子，丁喬緹喉頭一緊，只要謹慎規劃一票大的，她就不再使用的話——

不行！

她迅速的將鏡子翻轉過來，她的確有很多想做的事，但是絕不能靠這種力量！

「難為妳了。」身後傳來熟悉的聲音，「把它給我吧。」

丁喬緹緊張的回頭，差點摔下手裡的鏡子，但一隻手更快的包握住她的手，緊緊扣住那柄銅鏡。

「賀……賀先生？」丁喬緹全身都在顫抖。

「您好。」他微笑，拿出個黃色的束口袋，將鏡子套入，「可以鬆手了。」

丁喬緹緩緩放開手，一顆心緊張不已。「就是它嗎？害死葉佳茹的……」

「做選擇的是葉佳茹。」男子有點無奈，「鏡子沒有逼迫過任何人，它只是在這裡，是人們選擇撿起它、選擇如何使用它。」

丁喬緹忍不住以雙手包握，還能感受到不止的微顫。「我剛剛腦子裡閃過很多想法，可以用它來做很多……事。」

「人們的慾望總是無盡的。」男子打量著眼前的鏡子，「居然還沒死心啊……」

「咦？」

「沒事。」他回首又是輕笑，上課鐘聲敲響，「啊，妳該回去上課了！」

「是……」丁喬緹有些手足無措，「以後這裡還會有鏡子嗎？」

男子聳了聳肩，「不知道，若有，妳不要撿就好了。」

「那還要通知你嗎？」

男子默然，數秒後搖了搖頭。「不了，讓人們自己去選擇吧！」

丁喬緹抿了抿唇，朝他行了個禮，轉身奔回教室去上課。

男子望著眼前的鏡子，仔細看，鏡如水波，正盪漾著……他將鏡子自束口袋取出，輕輕的在鏡面上輕劃……漣漪陣陣吶。

「還給你吧。」

他握著鏡子當刀，直接劈進鏡子裡，連同手上那黃色的束口袋，一塊兒扔回鏡裡去。

『哇啊啊啊——』

唯有他，可以看見鏡子裡倏地出現一堆駭人的臉孔，他們在鏡子那端咆哮怒吼，彷彿還有個臉部毀去的女孩在那兒哭嚎，但是這些都在數秒後消失無蹤。

在他面前，只剩下那面供人整衣冠的全身大立鏡。

封了這處，還有別處，有鏡的地方，處處可以是通路，可他管不了這麼多。

就算遇上了……再多的勸說，依然敵不過人們的慾望啊！男子噙著笑，無奈的搖搖頭，緩步離開了鏡前。

不知道，下一面鏡子會從哪兒出來呢？

鏘！

《魔鏡・完》

惡靈鏡區

等菁作品10

作者	等菁
封面繪圖	Cash
美術設計	三石設計
總編輯	莊宜勳
主編	鍾靈
編輯	黃郁潔
出版者	春天出版國際文化有限公司
地址	台北市信義區信義路四段458號3樓
電話	02-7718-0898
傳真	02-7718-2388
E-mail	frank.spring@msa.hinet.net
網址	http://www.bookspring.com.tw
部落格	http://blog.pixnet.net/bookspring
郵政帳號	19705538
戶名	春天出版國際文化有限公司
法律顧問	蕭顯忠律師事務所
出版日期	二〇一五年二月初版
特價	180元
總經銷	楨德圖書事業有限公司
地址	新北市新店區寶興路45巷6弄6號5樓
電話	02-8919-3186
傳真	02-8914-5524

國家圖書館出版品預行編目資料

惡靈鏡區 / 等菁作.
-- 初版. -- 臺北市 : 春天出版國際, 2015.02
面； 公分
ISBN 978-986-5706-57-9(平裝)

857.7 104001286

ISBN 978-986-5706-57-9
Printed in Taiwan

笭菁作品

苓菁作品

苓菁作品

苓菁作品